# 姫と剣士 二

佐々木裕一

# 姫と剣士 二

目次

# 第一章　宿怨

## 一

初音伊織（はつねいおり）は、湯気が上がる鉄瓶を七輪から持ち上げ、父十太夫（じゅうだゆう）のために煎じた薬湯を湯呑み茶碗に注いだ。

血の流れを良くするための薬を飲みはじめたのは、正月の松が取れた頃からだ。厳しかった寒さがようやく和らいできたものの、時々頭痛がするのは血の流れが悪いのが原因らしく、朝夕の薬は欠かせない。

湯呑み茶碗を折敷（おしき）に載せた伊織は、台所を出て父の部屋に向かった。

廊下の角を曲がると、縁側であぐらをかいた父がうたた寝をしていた。

起こさぬようそっと近づく伊織は、白髪が増えた父の横顔が老いて見え、どうにも寂しい気持ちになった。朝方に見た、縁側に座る父にそっと寄り添う母の夢を思い出したせいもある。

父は言葉や態度には出さぬが、寂しいのだろう。毎朝こうして縁側に座して、母が好きだった蠟梅（ろうばい）の木を眺めているのだ。

伊織は、そんな父の横に正座した。

ゆっくりと瞼を開けた十太夫が、顔を向ける。

「お薬をお持ちしました」

「うむ」

十太夫は湯呑み茶碗を取ると飲み干し、苦そうな顔をして折敷に置いた。

伊織が下がろうとすると、十太夫がぼそりとこぼす。

「今年は、花が少ないとは思わぬか」

伊織は蠟梅を見た。黄色い花は、確かに去年にくらべると元気がないように思える。

母のように手入れをしていなかったからだろう。

「肥やしを与えます」

十太夫は苦笑いをした。

「もう遅かろう」

「木が弱ってしまうと、母上が悲しまれますから」

伊織はそう言って庭に下り、物置から肥やしの袋を持って出た。すると、十太夫が枝の下に立って花を見上げている。

伊織は、母がしていたように幹の近くの土を掘り、肥やしを埋めていく。

十太夫が手伝いながら言う。

「御前試合まで十四日だ。今の調子で技を磨けば、恥をかくことはあるまい」

伊織は手を止め、驚いた顔を向けた。厳しい稽古を重ねる中で、褒められた記憶がないからだ。

「と、師範代が言うておった」

土をいじりながら飄々（ひょうひょう）と述べる父の横顔には、薄い笑みが浮いている。

伊織はそんな父に言う。

「まだ兄上から便りがありませぬから、御前試合を勝ち抜いて、父上のように頂点に立ちます。そうすればきっと、お褒めの便りをくださるはずです」

十太夫は手を止め、真面目な顔で見てきた。

「御前試合を甘く見るな。頂点に立つには、まだまだ技が劣っておる。一京（いっけい）を負かしたくらいで、うぬぼれるでない」

伊織は父の正面に移動して、地べたに正座して両手をついた。

「父上、兄上から便りをいただくためにも、御前試合の頂点に立たねばなりませぬ。どうか、奥義をご伝授ください」

十太夫は渋い顔をする。

「他界した菫がお前に剣術を控えさせた意味は、承知しておろう」

伊織はうつむいた。

「兄弟で跡目を争わぬためと心得ております」

十太夫はうなずいた。

「奥義は、道場を継ぐ者にしか伝授せぬ。お前は、わしがそうしたように、独自の技を磨け」

承知のうえで頼んでいた伊織は、肩を落としはしたものの、悲観はしない。

「では、稽古にまいります」

道場に行くべく肥やしと道具を片づけていると、下女の佐江が裏庭に来た。

「伊織様、大久保寛斎先生がおみえです」

「先生が？」

往診の予定はなかっただけに、伊織は不思議に思いつつ表門へ急いだ。

町駕籠から降りた寛斎が、不自由な右足を引きずって歩いていたので、伊織は駆け寄った。

「先生、いかがなされたのですか」

寛斎はいつもと変わらぬ渋い顔を向けた。

「十太夫殿の調子はどうじゃ。薬は飲んでおるのか」

「はい。おかげさまで、頭痛はないようです」

「うむ。近くに来たついでに、脈を診てやろうと思うて立ち寄った」

「ありがとうございます」

伊織は駕籠かきから木製の往診箱を受け取り、寛斎に肩を貸した。家の中に入り、父がいる庭の縁側に案内した。

寛斎の顔を見た十太夫は、同じように右足を引きずりながら縁側に戻り、座敷に上がった。

その姿をじっと見ていた寛斎が言う。

「膝の具合はどうじゃ。寒さが和らいで、少しは楽になったか」

十太夫は首を横に振り、右足を伸ばして座った。

「弱音は吐きとうないが、どうにも……」

膝をさする十太夫は、倒幕派の志士を囲っていると疑われて、磯部兵部から厳しく責められたせいで膝を痛め、二度と剣術ができぬ身体にされた。

捕らえられているあいだに最愛の妻を亡くした十太夫は、気持ちが塞ぎ気味で、この冬に体調を崩していた。

そんな十太夫を、寛斎は気にかけてくれているのだ。

右手を取り、脈診をした寛斎は言う。

「血の流れはだいぶ良うなっておるが、薬は続けるように。伊織、薬がそろそろ切れる頃であろう」

「三日分あります」

「それを」

往診箱を指差す寛斎に応じた伊織は、手に取って前に置いた。

薬の袋を選んで取り出した寛斎が、伊織に渡しながら言う。

「小耳に挟んだのだが、次の御前試合では、勝ち進んで五本の指に入った者は、御公儀から役目を与えられるそうじゃ」

伊織がどんな役目か問う前に、十太夫が口を開いた。

「それは、旗本に限りであろう」

寛斎は首を横に振る。

「もし伊織が残れば、士分に取り立てるそうじゃ」

思わぬ内容に、伊織は驚いた。

望みを抱く伊織を見て、十太夫が寛斎に言う。

「与力や御徒の身分が金で手に入る今の世に、わざわざ取り立てて何をさせる気だ」

寛斎は、表情を厳しくして問う。

「大老井伊直弼の名の下に、倒幕派の捕縛がすすめられておるのを知っておろう」

十太夫はうなずいた。

噂程度しか知らぬ伊織は、黙って注目する。

寛斎が伊織を見て続ける。

「御公儀が目を付けておる者の中には手強(てごわ)い剣の遣い手がおり、捕らえようとして手向かわれ、命を落とす者があとを絶たぬ。そこで御公儀は、次の御前試合で五本の指に入った者で討伐組を作り、手を焼かせておる者どもを成敗させるそうじゃ」

「なんと」

十太夫が、案じる面持ちで伊織を見てきた。

寛斎が険しい顔で続ける。

「御前試合で勝ち残れば、断ることは許されぬ。人を斬る役目を与えられるが、どうする」

伊織は戸惑った。だが、兄智将(ともまさ)がどこにいるのか分からぬ今、連絡を取る手段は、御前試合で頂点に立ち、伊織よくやったと、激励の手紙を送ってもらうしかないのだ。

母の死と、道場の窮地を一刻も早く知らせたい伊織は、十太夫に真っ直ぐな目を向けた。

「どのようなお役目を与えられようとも、御前試合の頂点を目指します」

十太夫はうなずく。

「よう言うた」

「人を斬らねばならぬのだぞ。お前にそれができるか」

厳しく問う寛斎に、伊織はうなずく。

「兄と繋ぎを得る手立ては他にありませぬから、どのような役目を与えられようとも従う覚悟で出ます」

「生きておれば、いずれ必ず戻ってくる。何をそう焦る」

「道場のためです。兄がいなければ、道場を立てなおすことはできませぬ」

「どうしても、御前試合に出ると申すか」

今日は寛斎らしくないと感じた伊織は、訊き返した。

「五本の指に残れるかどうか分かりませぬというのに、何ゆえ止めようとされるのですか」

寛斎は、じっと伊織の目を見て言う。

「昌福寺での試合内容を聞く限り、お前は五本の指に入れるだろう。くどいようだが、残れば士分に取り立てられ、御公儀の役人として倒幕派を追わねばならぬ。お前に人を斬れるとは思えぬがどうじゃ」

「万が一お役目を与えられた時は、命を奪わず捕らえます」

「万が一ではない。必ずそうなると申しても、出るか」

「出ます」

きっぱりと気持ちを伝えると、寛斎は落胆の色を浮かべて肩を落とした。

十太夫が満足そうに、寛斎に言う。

「伊織はまだ子供ゆえ、勝ち残ったとしても、苛烈な役目を与えられるとは限らぬ。それに、次男ゆえ、いずれ家を出る身の伊織にとって、士分への取り立てはありがたい」

寛斎はじろりと目を向けた。

「本気で言うておるのか」

十太夫は右膝をさすりながら答える。

「このような足にされて、己の力のなさを痛感したのだ。元旗本の先生には、力を持たぬ者の気持ちは、分かってもらえぬかもしれぬが」

「わしとて、今はただの医者じゃ。なんの力も持っておらぬが、時世が時世だけに、これから先、徳川の世はどうなるか分からぬ。御前試合に出ずとも、智将に連絡を取る手段はあるはずじゃ。悪いことは言わぬから、楽な道を選べ」

「わたしの気持ちは変わりませぬ」

伊織がそう言って頭を下げると、寛斎は嘆息した。

「まったく頑固者じゃ。父親によう似ておる」

こう告げた寛斎が、思い出したような顔をした。

「智将と連絡を取りたいというのは口実で、剣士としての血が騒いでおるのか」

伊織は返答に迷った。厳しい稽古を重ねてきた今は、御前試合を楽しみにしている気持ちがないと言えば、嘘になるからだ。

逡巡(しゅんじゅん)する伊織の顔色を見て、寛斎はまた嘆息した。

「血は争えぬのう、十太夫殿」

十太夫は返答をしないが、顔は少しだけ、ほころんでいる。

寛斎が帰ると言って立とうとするので、伊織は肩を貸した。

肩に手を置いて立ち上がった寛斎を、伊織は駕籠を待たせている表門まで送って出た。

駕籠に乗った寛斎が、往診箱を渡す伊織に言う。

「士分に取り立てられると聞いて目の色が変わったが、御公儀から禄を賜りたいのか」

「いえ、そういうわけでは……」

「わしの目は誤魔化せぬぞ。御公儀の御徒を望むは、おぬしの胸の中に、琴乃(ことの)がおるからか」

「違います」

寛斎は笑った。

「即答するところが、分かりやすい」

「先生、そのような邪(よこしま)な考えはございませぬ」

「まあよい。しかし、此度(こたび)ばかりは、御前試合を良いとは思わぬ。進めば必ず地獄が待っておろう。まだ日があるゆえ、もう一度、よう考えてみよ」

寛斎はそう言い置いて、駕籠を出させた。

見えなくなるまで見送った伊織は、脇門を潜って中に入り、その足で道場に向かった。

寛斎に何と言われようとも、御前試合に臨む気持ちに揺らぎはなく、頂点を目指して、一人で稽古に励んだ。

篠塚一京が道場に顔を出したのは、昼前だった。

「今日はいつにも増して、励んでいますね。すでに汗だくではないですか」

振り向いた伊織は、兄と慕う師範代に頭を下げ、寛斎の言葉をそのまま伝えた。

すると一京は、

「討伐組、ですか」

そうこぼし、表情を曇らせて問う。

「若はそうなった時、どうするおつもりか」

「父上は、わたしを子ども扱いして、そのような役目は命じられないだろうとおっしゃいます」

一京は安堵した笑みを浮かべる。

「確かに、先生がおっしゃるとおり、若には荷が重すぎましょう。ですが、御前試合で五本の指に入れば、御公儀のことですから、ないとは限らないのでは。それでも出ますか」

伊織は、右手に下げていた木刀を見つめた。

「母上が生きていれば、きっと止められたでしょう。でも、わたしは出ます」

「先生は、お許しくださったのですか」

「はい。父は、士分への取り立てはありがたいとおっしゃいました」

「若が士分に取り立てられれば、わたしとしても嬉しい限り。特に先生は、御前試合で頂点に立ちながらもお取り立てがありませんでしたから、若が叶えば、喜ばれましょう」

「では一京さん、勝ち残るためにも、稽古をお願いします」

「御前試合まで、みっちり技を磨きましょう」

一京は真顔で向き合い、木刀を構えた。

右足を半歩前に出し、ゆっくりと、一京の喉に木刀の切っ先を向けて正眼に構えた伊織は、続いて右足を引いて刀身を背後に下げ、脇構えに転じた。

伊織の左半身が無防備になる誘いに応じて、一京が動く。

「えい！」

気合をかけて打ち下ろされた一京の太刀筋は鋭い。

伊織は引いて切っ先をかわし、空振りした一京の籠手（こて）に木刀を振るう。

素早く刀身を転じて一撃を受け止めた一京は、肩から体当たりを食らわした。

少し前までの伊織ならば、両足が浮くほど飛ばされたであろう。

だが、今は互角に当たり、一歩も譲らぬ。

それが嬉しそうな一京は、唇に笑みさえ浮かべて透かすと、振り向いた伊織の眉間（みけん）ぎりぎりで切っ先をぴたりと止めた。

一本取ったと思いきや、一京の腹には、伊織の切っ先が当てられている。

相打ちに、どちらからともなく力を抜いて離れ、ふたたび木刀を構えた。

二

祖父母の隠居所に戻りたくても、今はならぬ、と父から言われて、番町（ばんちょう）の屋敷から出してもらえない琴乃は、乳母の美津（みつ）を使って寛斎と連絡を取り合っていた。

昼過ぎに出かけた美津が戻ってきたのは、待ちわびた琴乃が、西日が眩しい裏庭に出て程なくしてからだ。

裏手の木戸から入った美津が、人目をはばかるように周囲を気にする姿は、父帯刀の目にとまれば怪しまれそうで、危なっかしい。

琴乃は、裏庭に人がいないのを確かめ、美津を迎えに行った。

それに気づいた美津が、小走りで来る。

「お嬢様、ただ今戻りました。お顔が寒そうですが、外でお待ちになってらっしゃったのですか」

「寒くはないわ。それより、先生はなんとおっしゃいましたか」

「お部屋でお話しします」

美津は周囲を気にして、琴乃を促した。

美しく手入れされた裏庭を急いだ二人は、琴乃の部屋に入って障子を閉め切った。

向き合って座った美津は、先生からです、と告げて、寛斎の手紙を渡した。

琴乃がさっそく目を通すと、書かれているのは、薬の教えのみだった。

「この処方箋は、瘀血に良い薬でしょうか」

ぼそりと声に出した琴乃に対し、美津が疑問を表情に出す。

「何に効くのですか」

「血の流れを良くするための薬です。お爺様に作ってさしあげろという意味ですか」

琴乃が問うと、美津は首を傾げた。

「そのようにはおっしゃっていませんでした。いつもの教え、ではないでしょうか」

「そう……」

琴乃は、あとで薬学の帳面に書き写すため文机に置き、改めて美津と向き合った。

「あのことについては、何か聞いていないのですか」

問うと、美津は表情を曇らせた。

「二日前に初音道場を訪ねられたそうですが、伊織殿を御前試合に出さぬ件は、不首尾だったとおっしゃいました」

琴乃はこころがざわつき、右手を胸に当てて息を吐いた。

もっとも頼りにする剣士の吉井大善に、御前試合で伊織を足腰立たぬ身体にするよう帯刀が命じる声を聞いた時から、なんとか助ける方法はないかと考え、寛斎を頼っていたのだ。

伊織を助けたい一心の琴乃は、どうすればいいか分からなくなり、きつく瞼を閉じた。

美津が言う。

「そう思い詰めないでください。寛斎先生は、引き続き説得するとおっしゃいました」

「御前試合まで、日がありませぬ。伊織殿に手紙を書きますから、届けてください」

美津は心配そうな顔をした。

「お嬢様のご身分を、明かされるのですか」

琴乃はうなずいた。松平帯刀の娘だと明かし、父がしようとしていることを告げる覚悟を決めたのだ。

文机に向かおうとしたが、美津が止めた。

「文はなりませぬ。屋敷を出る時、殿の息がかかった侍女がわたしの身体を検めますから、隠し通せませぬ。それに、見張り役の者が付いて来ます」

琴乃は驚いた。

「これまでは一人だったはずです」

「殿はわたくしの行動を怪しまれたのか、今日から付けられました。可愛いお嬢様ですから、当然かと」

そう言った美津は、申しわけなさそうな顔をうつむけた。

琴乃は、どうやって屋敷を脱け出すか考えた。だが、塀は高く、各門は家来が目を光らせているため難しいだろう。

目を閉じて大きく息を吸い、気持ちを整えた琴乃は、立ち上がった。

「父上に、明日の外出を願い出ます」

「お嬢様、お待ちを」

止める美津の言うことを聞かず廊下に出た琴乃は、表に向かい、笑い声がする父の部屋の前で正座した。

「父上、よろしいでしょうか」

部屋には、母鶴と、弟の康之介がいた。

親子三人で談笑をしていたようだが、琴乃を見た帯刀が、渋い顔をする。

母は困ったような笑みを浮かべ、康之介は嬉しそうな顔をして立ち上がり、琴乃のそばに来た。

「姉上、難しい顔をしてどうされたのです」

「康之介、下がれ」

父に厳しい声で言われたのが心外なのか、康之介は戸惑いの色を浮かべて振り向いた。

鶴がそばに来て弟を促し、若草色の地に春の花を散らした打掛を脱ぐと、琴乃にかけた。

「夕方の風はまだ冷たいというのに、打掛も羽織らず何を慌てているのです」

「母上……」

父上は罪なき人を傷つけようとしています、と打ち明けて助けを求めたかったが、立ち聞きを嫌う父を怒らせると思い、ぐっと堪えた。

「なんでもありません」

聞く顔をしていた鶴が、笑みを浮かべる。

「何を遠慮しているのです。はっきりおっしゃい」

「聞かずともよい。どうせ、外に出たいのであろう」

厳しく言う帯刀に、鶴は眉尻を下げて困り顔をする。

「そうなのですか」

琴乃はうなずいた。

「姉上、どこに行きたいのですか。日本橋ならばお供します」

めったに屋敷の外へ出ない康之介は、商家が立ち並び、活気に満ちた町が見たいのだ。

「康之介、下がれと申しておる」

心中を見透かした帯刀に厳しく言われて、康之介は口を尖らせながらも従い、自分の部屋に戻った。

鶴が琴乃に言う。

「屋敷暮らしに息が詰まるでしょうが、これが、本来の姿なのです」

「母上……」

「聞きなさい。町には今、御公儀に不満を持つ輩(やから)が入り込み、物騒だといいます。

父上の御役目柄、この松平家を恨む者もおりましょう。そのような時に、どこに行こうとしているのです」

優しい母親は、何より康之介と琴乃を大切に思っている。

その気持ちを知っている琴乃は、言葉に詰まってしまい、うつむいた。

帯刀がそばに来た。

「鶴の申すとおりじゃ。寛斎先生の教えは美津が手紙を届けておるのだから、行く必要はあるまい。それとも、誰かに会いたいのか」

琴乃が顔を上げると、帯刀は探るような眼差しを向けていた。

すぐ目をそらした琴乃は、首を横に振る。

「先生からいただいた教えの手紙では、分からぬところがありましたから、直にお会いして、ご教示いただこうと思いました」

帯刀は口角を下げた。

「お爺様のためかもしれぬが、今は落ち着いておるのだから必要ない。それより大事なのは、鶴の教えだ。お前もいずれ嫁ぐのだから、旗本の姫らしい嗜(たしな)みを身に付けよ。鶴、しっかり頼むぞ」

鶴は明るい笑みを浮かべて応じ、琴乃に言う。

「部屋に戻りましょう。さ、お立ちなさい」

何も言えなくなった琴乃は、母に従った。

心配そうに待っていた美津が、鶴に頭を下げて迎えた。

部屋に入った鶴は、琴乃に座るよう促す。

向き合って座ると、鶴はじっと顔を見てきた。

「誰にも言いませぬから、ほんとうは何をお願いしようとしたのか、母におっしゃい」

正直に打ち明ければ、母はきっと、父の味方をするはずだ。

特に娘の縁談となると、父よりも厳しいところがある母が、伊織と親しくするのを許すとは思えなかった。

「お爺様のことが、心配になっただけです」

琴乃は、胸のうちで祖父松哲(しょうてつ)に詫びながら偽りを述べた。

疑わぬ鶴は、眉間に皺(しわ)を寄せる。

「舅(しゅうと)殿には困ったものです。可愛い孫娘をこんなに心配させて」

琴乃は、しまったと思った。母は、年老いた祖父母が隠居屋敷で暮らすのを、目が届かぬと言って良く思っていないのを、うっかり忘れていたからだ。

言葉にした以上、撤回できぬ琴乃は、付け加えた。

「ちょっとお顔を見たいと思っただけですから。きっと、お爺様とお婆様は息災でらっしゃいます」

鶴は表情を和らげ、それからは、旗本の姫たるものはどうあるべきかと、心得をみっちり言い聞かされた。

そんな母の声が耳から離れぬまま、それでも琴乃は一晩中、伊織のことが心配で眠れなかった。

あの優しい伊織が、父から酷い目に遭わされようとしているのかと思うと、どうにも気持ちが沈み、胸が苦しくなる。

出された朝餉（あさげ）も喉を通らぬ琴乃を、美津が心配そうに見ている。

目が合った琴乃は、微笑む余裕もなく、膳を下げるよう告げた。

美津はそばに寄って言う。

「お嬢様、どうか思い詰めないでください。伊織様は昌福寺の試合で勝ち抜かれるほどお強いのですから、きっと大丈夫です」

「吉井大善殿は、旗本のあいだでは知らぬ者がいないほどの剣の達人だと聞きます。そのような者を相手に、伊織殿が無事だと思いますか」

「それは……」

それでも大丈夫だと言ってくれれば少しは気が楽になると思ったが、返答に迷う美津の様子を見て、琴乃はますます不安になった。

しかし、軟禁同然の今の琴乃に、伊織を止める手立てを思い付くことはできない。

「ここで、ご無事を祈るしかないのでしょうか」

下を向く琴乃の手を、美津がそっとにぎった。

「お嬢様、少しだけでもお召し上がりください。食べて元気を付けなければ、お祈りもできませんから」

箸(はし)を差し出された琴乃は、うなずいて受け取り、ご飯を一口食べた。

「琴乃」

廊下で母の声がしたので目を遣ると、慌てた様子で入ってきた。

「お爺様がお倒れになられたそうです」

琴乃は驚き、箸を置いて立ち上がった。

「どのようなご容体なのですか」

「はっきりしたことは分かりませぬ。お父上が供をするようにおっしゃっていますから、急ぎ支度をなさい」

「すぐにまいります」

動揺した琴乃は、若草色の地に白の小花をちりばめた着物のみで行こうとしたが、美津が止めた。

「今朝は寒の戻りで冷え込んでいますから、お待ちください」

着物と同じ色合いの、綿入りの打掛を持ってきた美津と共に、表に急いだ。

松哲を案じる帯刀は、康之介と玄関で待っていた。

琴乃が行くと、渋い顔でうなずき、姫駕籠(かご)に乗るよう促す。

応じて駕籠に収まった琴乃に、美津が付き添った。

先を急ぐ駕籠は揺れるので琴乃は苦手だが、今は祖父を心配するあまり、気分が悪くならなかった。

駕籠は牛込御門(うしごめごもん)を出て神楽坂(かぐらざか)をのぼってゆく。

隠宅に着き、駕籠の戸を開けた美津が、心配そうに言う。

「お顔の色が優れませぬが、ご気分が悪くなられましたか」

「大丈夫」

琴乃は、隠宅に入る父に続いて、臥所(ふしど)に急いだ。

祖父は眠っていた。

久しぶりに顔を見る康之介に益子(ますこ)が目を細め、そばに行くよう促す。

枕元に正座した康之介が、琴乃に小声で言う。

「お爺様は、痩せられましたね」

益子が微笑んで言う。

「琴乃が本宅に帰ってしまってから、急に年を取ったようになられたのです。食も細い日が続いていたので案じていたのですが、今朝起きようとされた時に、お倒れになられたのです」

帯刀が心配そうな顔で口を開く。

「医者に診せたのですか」

益子はうなずいた。

「取り急ぎ、近くの医者に」

「その者はなんと言うたのです」

「布団から急に寒いところに出たせいで、血の巡りが悪くなったのではないかとおっしゃいました。心ノ臓の動きが悪かったのか、胸が痛いとおっしゃっていましたが、今は薬で落ち着いて、眠られています」

帯刀は安堵の息を吐いた。

琴乃は祖父の手を取り、脈診をした。

それを見て、康之介が目を輝かせた。

「姉上、分かるのですか」

「寛斎先生に教えていただきましたから」

「お爺様は、大丈夫ですか」

琴乃は答えず脈を診終え、手をそっと布団の中に戻した。そして、帯刀に向く。

「以前にくらべ、脈が弱くなっています」

帯刀は眉間に皺を寄せた。

「ここにおる時は、毎日脈を診ていたのか」

「そうですよ」

答えたのは益子だ。

「琴乃はよう尽くしてくれましたから、お爺様は元気でいられたのです」

琴乃が三つ指をついた。

「父上、今日からまた、お世話をしとうございます」

帯刀は渋い顔をして逡巡する様子だったが、益子にも請われて、ため息をついた。

「それで長生きできるなら、良かろう。しっかりお爺様のお世話をしなさい」

「はい」

琴乃は頭を下げた。

見舞いを終えて帰る父と弟を廊下で見送った琴乃は、祖母に湯をもらって桶に移し、一人で臥所に戻った。

温かい手拭いで、祖父の足先を温めていると、

「なんとも、気持ち良いのう」

極楽じゃという声に、琴乃ははっとして見る。

「起こしてしまいましたか」

「初めから、寝てなどおらぬ」

松哲はそう言うと起き上がって、目を細めた。

「よう来たの、琴乃」

元気そうな様子に、琴乃は目をしばたたいた。

そこへ、茶菓を持って益子が入ってきた。慌てて横になる松哲を見て、呆れたように言う。

「まあお前様、孫娘に会うために仮病を使われたのですか」

松哲は右目のみを開けて、ばれてしもうたと小声で言うと、起き上がった。

益子が、子供を叱るように言う。

「皆を心配させて、悪い人です」

「わしは、琴乃がそばにおらねば、まことに具合が悪うなりそうなのじゃ」

子供のように返す松哲に、益子はしょうがない人だこと、と言い、呆れたような顔を琴乃に向けて笑った。

松哲は笑っているが、琴乃は、脈診をした時に感じた身体(からだ)の衰えが心配だった。

そこで、思い切って口に出す。

「お爺様、胸が痛い時がありませぬか」

松哲は、はぐらかすような笑みを浮かべる。

「まったく痛みなどありはせぬ。このとおり、元気じゃ」

寝間着の袖をたくし上げて力こぶを作ってみせるも、琴乃は安心できなかった。

「滋養の薬を作るために、寛斎先生のところに行きとうございます」

それには益子が難色を示した。

「帯刀がそなたの目付役として臼井殿を残しておりますから、外出は難しいですよ」

今初めて知った琴乃は、障子を開けて廊下に出てみた。すると、帯刀の馬廻り役を務めている二十代の家来が、こちらに背を向けて立っていた。

臼井は、父の役目を助けるため市中を走り回っているはず。優れた人物だと聞いている琴乃は、どうあっても外を歩かせぬつもりの父に、気が塞いだ。だが、松哲の脈の弱さは、仮病ではない。

琴乃は、声をかけた。

「臼井殿」

「はっ」

すぐさま駆け寄った臼井は、琴乃の前で片膝をついた。

「お爺様は、血の流れが弱くなられていますから、心ノ臓に良い薬が必要です」

臼井はうなずいた。

「すぐに、薬を手配いたします」

「いいえ、わたくしが寛斎先生のところに作りにまいります」

「それは……」

困惑する臼井を、琴乃は説得した。

「猶予はありませぬから、付いてまいれば良いでしょう」

「臼井殿、わたくしからもお願いします」

益子に請われて、臼井は不承不承に応じた。

美津を伴い寛斎宅を訪ねた琴乃は、臼井を表に待たせ、寛斎の部屋に急いだ。

いつものごとく文机に向かっていた寛斎は、傍らに薬の書物を積み、没頭して読んでいる。

「先生」

廊下で正座した琴乃が声をかけると、濃い灰色の着物を着た寛斎が顔を上げ、振り向いた。

「おお、誰かと思えばそなたか。やっと屋敷を出る許しをもろうたのか」

「お爺様の薬を作りたくてまいりました」

寛斎は表情を険しくした。

「まあ入りなさい」

琴乃がそばに行くと、美津が障子を閉めた。

祖父の脈が弱いのを心配して打ち明けると、黙って聞いていた寛斎は文机に向いて筆を執り、紙に書き入れた。

「寒さが戻ったせいであろう。このとおりに作るがよい」

差し出された処方箋には、身体を温める効能がある生薬が記されていた。他にも、血の流れを良くする薬草もある。

琴乃はふと気になり、寛斎に目を向けた。

「美津に託してくださったお手紙にも、血の流れを良くする薬の教えがありましたが、祖父の身体を案じてのことでしょうか」

「たまたまじゃ。今わしは、血の流れをより良くする薬を作りたいと思うて書物を読み漁っておるゆえ、これと思う物をそなたにも伝えたのだ。歳ゆえ、いつお迎えが来るか分からぬからな」

寛斎は軽く笑うが、琴乃は笑えなかった。

寛斎はすぐに笑みを消し、ひとつ咳ばらいをして言う。

「その処方どおりの薬を朝と晩に欠かさず飲めば、良くなろう」

うつむいて動こうとしない琴乃に、寛斎は不思議そうな顔をした。

「まだ、何かあるのか」

返答に迷う琴乃に、寛斎は目を細める。

「伊織のことか」

琴乃は顔を上げ、思い切って打ち明けた。

「わたしが松平帯刀の娘だと話したうえで、父に狙われていることを知らせとうございます」

二度と会えなくなるかもしれぬが、今日を逃せば、伊織に伝えることができない。

そう思い、込み上げる気持ちを抑えようとしている琴乃の顔を見た寛斎は、渋い顔をした。

「明かしたところで、伊織はそなたを悪く思うたりはせぬはずじゃが、狙われていると知っても、御前試合に出るはずじゃ」

琴乃は身を乗り出した。

「何ゆえですか」

「兄を捜すためじゃ」

「捜すため……」

琴乃は、時折寂しそうな表情をしている伊織を想った。

「居場所が分からないのですか」

寛斎はうなずいた。

「家の不幸を知らぬまま、今も旅をしておるからのう」

意味が分からない琴乃は訊く。

「兄上を捜すことと御前試合が、なんの繋がりがあるのですか」

「名をあげれば、旅をしておる兄の耳に入ると信じておるからじゃ。兄と繋ぎを取り、母御の死を知らせたい一心で、今も稽古に励んでおる」

伊織の意志は固そうだと思った琴乃は焦った。

そんな琴乃をじっと見ていた寛斎が、琴乃と目が合うと訊いてきた。

「帯刀殿は、伊織に誰を当てる気じゃ」

「馬廻り筆頭の、吉井大善殿です」

「まさか、あの者を出すとは……」

表情を曇らせた寛斎に、琴乃は不安になった。

「わたしは、名うての遣い手としか耳にしておりませぬが、先生はご存じですか」

「此度の御前試合には、なかなかの人物が名を連ねておるが、吉井大善もそのうちの一人には間違いない。あの者と当たれば、伊織は無事ではすまぬかもしれぬ」

「そうと聞いては、やはり黙ってはおられませぬ。今から道場へ行き、お話しします」

立とうとする琴乃を、寛斎は止めた。

「わしが行って話そう。そなたは、松哲殿の薬を作るがよい」

寛斎に促された美津が、琴乃のそばに来た。

「お嬢様、臼井殿が承知しませぬから、今日のところは先生におすがりして、お薬を作って帰りましょう」

臼井の存在を忘れていた琴乃は、寛斎に頭を下げた。

「どうか、お願い申します」

寛斎は、琴乃に何か言おうとしたが、乙女心を察したように、温かい眼差しを向けてうなずいた。

三

「初音伊織の影は、ございませぬ」

戻った臼井から報告を受けた帯刀は、ひとまず安堵した。

「して、父上の具合はどうじゃ」

「お嬢様が自らお作りになられた薬を飲まれ、落ち着いていてらっしゃいます」

「それは何よりの吉報じゃ。引き続き、琴乃から目を離すな。決して、初音の倅（せがれ）と会わせてはならぬ」

「承知いたしました」

隠居屋敷に戻る臼井を目で追った家老の芦田藤四郎が、神妙な面持ちで帯刀に向いた。

「殿」

「なんじゃ」

「町では昌福寺での試合の評判がいまだ高く、御前試合で初音伊織が勝ち抜くのを望む声が多いと聞きます」

帯刀は不機嫌な顔をする。

「それがなんだというのだ。耳障りなことを申すな」

「申しわけありませぬ。されど、その人気者を吉井が潰せば、町の者たちの怒りが殿に向けられませぬでしょうか」

帯刀は顔をしかめた。

三河の名門松平家の支流であり、今年の正月をもって加増され、七千石の御家になった誇りが、家老の諫言を寄せつけない。

「町の者などにどう思われようが、わしは気にせぬ」

帯刀は意志を曲げぬが、藤四郎も引かぬ。

「万が一、吉井が敗れて初音伊織が五本の指に入りますれば、御大老に召し抱えられ、倒幕派討伐の役目を与えられます。そうなれば、いかに殿とて、手出しできぬようになりまする」

「吉井は負けぬ！」

「それがしもそう信じてございますが、勝敗は時の運、用心するに越したことはないかと存じまする」

平伏する態度を見て、帯刀は訝(いぶか)しげな顔をした。

「そのほうらしからぬ、今日はやけに悲観するではないか。何があった」

藤四郎は顔を上げずに答える。

「初音伊織に負けた鬼頭仁(きとうじん)について調べましたところ、素性が判明いたしました」

帯刀は眉間の皺を深くした。

「それを先に言わぬか。初音の倅の名をあげさせた愚か者は、誰じゃ」

「磯部兵部殿が、倒幕派を闇に葬るため金で雇った剣客で、本名は、土門凱(どもんがい)と申します」

帯刀は愕然とする。

「今、なんと申した」

藤四郎が顔を上げた。

「土門凱は、吉井が試合で負けたことがある男です。ゆえに、御前試合で初音伊織が勝ち残れば、井伊大老は必ず重用されましょう」

帯刀はまた顔をしかめ、苛立ちの声を吐いた。

「まさか、土門だったとは信じられぬ。間違いないのか」

「何度も確かめましたが、土門凱でした」

「本人から聞いたのか」

「いえ。すでに牢から出され、西国へ向かってございます」

「倒幕派の輩を捕らえるために、磯部が手を回したか」

「おそらく、そうでしょう」

帯刀は立ち上がり、座敷の中を行ったり来たりして思案を巡らせた。

「御前試合で五本の指に入り、井伊大老に重用されるのは、武家として誉(ほまれ)であるな」

「いかにも」

　立ち止まった帯刀は、藤四郎に鋭い目を向けた。

「初音十太夫は、己が果たせなかった夢を、倅に託すであろうな」

　帯刀と十太夫のあいだに宿怨があるのを知っている藤四郎は、忖度して答える。

「初音家の望みを、断ち切られますか」

「わしに、良い考えがある」

　帯刀から知恵を授けられた藤四郎は、真顔でうなずいた。

## 四

　御前試合に向け、伊織は稽古の仕上げに入っていた。

　一京を相手に道場で汗を流し、見所に座して見守る十太夫から細々と指導を受けては、その技を試していた。

「踏み込みをもっと鋭くせい！」

十太夫の厳しい声が飛び、応じた伊織は、対峙する一京に向く。その刹那(せつな)、隙を見せたとばかりに、一京が打ち込んできた。

「えい！」

太刀筋を見切って右にかわした伊織は、下がって間合いを空ける。

一京が猛然と迫り、気合をかけて木刀を幹竹(からたけ)割りに打ち下ろした。

鋭く左に踏み込んで一撃をかわした伊織は、一京を右に見つつすれ違う。

「そこだ！」

十太夫の声が飛ぶ中、空振りした一京は伊織に向こうとした。だが、それよりも一瞬早く飛び出し、背後を取っていた伊織が木刀を振るった。

振り向く前に右肩の後ろを打たれた一京が呻(うめ)いて下がり、顔を歪めて片膝をついた。

伊織は木刀を置いて駆け寄る。

「一京さん、つい力が入りました。ごめんなさい」

一京は首を横に振り、笑みを浮かべた。

「今のは見事です。目の前から消えたようでしたぞ」

「立てますか」

「大丈夫」

身体を支えた伊織は、顔を歪める一京を心配した。

「見せてください」

「大事ありませんよ」

大きな息を吐き、右腕を回してみせた一京は、十太夫に向いて頭を下げた。

伊織もそれに倣うと、十太夫は満足そうな顔でうなずいた。

「伊織、今の技を忘れなければ、御前試合で恥をかくことはあるまい」

「はい。必ず五本の指に入ってみせます」

望みをかけて表情を明るくする伊織に、一京が肩をさすりながら言う。

「昌福寺の試合から今日まで、よう稽古をされましたな」

「一京さんのおかげです」

微笑んだ一京が、道場の表に振り向いた。

鬢（びん）をきっちり結い、羽織袴を着けた役人然とした二人が戸口に現れ、軽く頭を下げた。

一人が告げる。

「表門で声をかけたが返事がなかったゆえ、勝手に入らせてもろうた。本日は、御前試合について伝えねばならぬことがあってまいった」

幕府の遣いと知り、一京と伊織は迎えに出た。

「どうぞ、お入りください」

一京が頭を下げて誘（いざな）ったが、二人は辞し、戸口に立ったまま伊織を見てきた。

年長の役人が問う。

「試合に向けて、稽古をしておられたか」

「はい」

「さようか」

汗をかいている姿を見て、役人は気の毒そうな顔をした。

「今日は、いやな役目を帯びてきた」

下を向いてひとつ息を吐いた役人は、伊織の目を見て告げる。

「此度の御前試合は、旗本の代表者のみが出場を許される運びになった」

「えっ」

考えてもいなかった内容に、伊織は言葉を失った。

驚いた一京が問う。

「何ゆえですか。わけをお聞かせください」

役人は困ったような顔をする。

「わけなど聞いておらぬ。わしらは、言われたままを伝えにまいっただけだ」

そこへ十太夫が来て、一京と伊織の前に出て役人を睨みつけた。

かつて帯刀を倒して御前試合を制し、去年まで百余名の門人を抱えていた剣客の鋭い眼差しに、二人の役人は気圧されたように一歩下がった。

十太夫が口をへの字にして、重々しく問う。

「急に話を変えたのは、我が初音道場に倒幕の嫌疑がかかったからか」

役人はごくりと喉を鳴らし、胸を張る。

「疑いが晴れておらねば、そのほうはとうに首を刎ねられておる」

「ならば何ゆえ、倅を出さぬ！」

剣幕にびくりとした役人たちはもう一歩下がり、

「知らん！」

「とにかく、しかと申しつけたぞ」

そう告げると、逃げるように帰っていった。

「下っ端の腰抜けをよこすとは、舐められたものじゃ」

怒りを吐き捨てた十太夫は、振り向いて伊織を見たものの、何も言わず部屋へ戻っていった。

兄智将に道場を守(も)り立ててもらうためには、御前試合で勝って繋ぎを得るのが近道と信じて稽古に励んでいた伊織は、こころが塞いだ。

伊織が御前試合に出られなくなったことは、次の日には近所に広まり、昌福寺の試合に勝って盛り上がっていた町の者たちも、潮が引くように静かになった。

初音道場に入門を望もうとしていた者たちも、士学館(しがくかん)などに流れていったという話が届いたのは、役人が来て三日後だ。

伊織はこのことを、十太夫の部屋に呼ばれて、一京から聞かされた。

入門を希望する者がいたのを初めて知り、御前試合に出られなくなった辛さが増した。

茶を持って来た佐江が、十太夫の前に湯呑み茶碗を置きながら言う。

「門人が増えると期待していましたのに、この先、どうなるのですかねえ」

月の手当てが入らぬ現状に危機感を募らせているのだ。

それは、伊織も同じだった。

だが、十太夫は鼻で笑った。

「佐江、御前試合に出られなくなったくらいで、この世の終わりのような顔をするな。今ある蓄えで十分暮らしていけるのだから、何も心配するな」

「でも、なんとかしないと、このままでは減るばかりですよ」

「一介の道場など、役人の胸ひとつでこのざまだ。身分低き者の先々のことなど、なるようにしかならぬのだから、今日を懸命に生きればそれでよい。伊織」

「はい」

背筋を伸ばして父の顔を見ると、十太夫は穏やかな笑みを浮かべた。

「こうなって、菫も喜んでおろう。智将とて、生きておればいずれ帰ってくる。もう気負わずともよい。今日からは、好きに暮らせ。剣術の他に、何かやりたいことはないのか」

父が開きなおり、半ば自棄になっているような気がしてならぬ伊織は、目を見て首を横に振った。

「兄上が戻られるまで、道場の灯は消しませせぬ」

一京が続く。

「若と二人で、道場を守らせてください」

十太夫は能面のように表情をなくし、

「好きにせい」

そう言うと湯呑みをつかみ、熱そうにすすると、深い息を吐いた。

とはいえ、通って来る門人は一人もいない。

急に暇になった伊織は、一人で道場に戻り、重めの木刀で素振りをした。

そこへ、遅れて一京が来た。父と何を話したのか分からないが、表情が明るい。

一京は懐を手で押さえて言う。

「先生から小遣いをいただきました。気晴らしに、蕎麦でも食べに行きましょう」

伊織は木刀を下ろした。

「そんなに、暗い顔をしていますか」

「しておりますぞ」

一京は真顔になり、伊織の肩をたたいた。

「先生がおっしゃったように、此度のことは、役人の胸ひとつで決められたのです。くよくよする必要などないのですから、忘れましょう。さ、まいりますぞ」

応じた伊織は、好物の蕎麦を食べに、一京と出かけた。

神楽坂の蕎麦屋番付で不動の大関の座にある長楽庵（ちょうらくあん）は、昼前だというのに大勢の客が外まで並んでいた。

いつもの光景だが、一京は天を仰いだ。

「まいったな。この人数だと、入るまで一刻（とき）（約二時間）はかかるかもしれませぬぞ」

「いいじゃないですか。どうせ暇です」

伊織は何も考えずそう言ったのだが、来る道すがら、あきらめて気持ちを切り替えろと言っていた一京は、破顔一笑した。

「今日はゆっくり腹いっぱい食べて、遊んで帰りますか」

「では、あとで真友堂（しんゆうどう）に行ってもいいですか」

「お、いいですね。行きましょう。目当てはどの名刀ですか」

「いえ、刀ではなく、隣の甘酒屋です」

一瞬きょとんとした一京は、大笑いした。

前に並んでいる客の中から、笑い声を聞いて振り向く者がいた。

その顔を見た一京が、気づいて声をかける。

「おお、沢地殿」

「師範代、ご無沙汰しております」

一京が伊織に教える。

「前にお世話になっていた長屋の大家殿です」

伊織が会釈をすると、沢地は優しい顔で微笑んで応じた。

一京が歩み寄り、わざわざここまで来たのかと訊くと、沢地は、常連だと言って、会話を弾ませた。

列から離れないでいる伊織は、自分と同い年ほどの若者が両親と並んでいるのを、なんとなく見ていた。

母と、一度だけでもこの蕎麦屋に来たかった。

そんなふうに思った伊織は、父を誘ってみようと思うのだった。

# 五

琴乃は、寛斎から薬草の教えを受けていたのだが、ついでのように発した言葉に驚き、薬研から手を離して顔を上げた。

「今、なんとおっしゃいましたか」

訊き返す琴乃に、寛斎は穏やかに告げる。

「伊織は、御前試合に出とうても、叶わぬそうじゃ。公方様のご意向なのか、誰ぞの思惑あってのことなのかははっきりせぬが、旗本のみ、許されることとなったらしい」

理由はどうあれ、伊織が出られなくなったと聞いて安心した琴乃は、それからは薬学に没頭した。

そんな琴乃の気持ちを察してか、寛斎はいつになく熱心に教えてくれ、昼を過ぎ、八つ（午後二時）頃になって、祖父の薬作りに取りかかった。

とりあえず五日分ほど作り終えた琴乃は、寛斎に礼を言って、家路についた。

その帰り道、毎日胸の中で伊織の無事を祈願していた琴乃は、足を止めて振り向いた。

すると美津が、付き添っている臼井を気にして、琴乃がしゃべる前に不安そうに言う。

「お嬢様、寄り道せず帰りましょう」

琴乃は臼井に告げた。

「お爺様のご健勝を、明神様に祈願しにまいります」

臼井は戸惑いながらも、松哲のためと言われては応じるしかない。

はは、と応じた臼井を従え、琴乃は赤城明神に足を向けた。

大鳥居を潜り、本殿に向かっていた琴乃は、足を止め、二人を連れて引き返した。

急ぎ境内から出る琴乃に、美津が問う。

「お嬢様、何かお忘れ物ですか」

琴乃は、臼井に聞かれぬよう腕を引いて離れ、小声で言う。

「伊織殿が、本殿に手を合わせておられました」

美津が目を見開く。

「後ろ姿を見ただけで、お分かりになられたのですか」

「間違いありません」

久しぶりの再会に、琴乃の胸はときめき、顔が熱くなっていた。臼井がいるせいもあるが、何よりも父親のことで後ろめたくなり、引き返したのだ。

美津が気を利かせ、臼井に声をかけた。

「臼井殿、せっかくですから、御隠居様と大奥様に、手土産などを買われてはいかがですか」

「は？」

どうしてわたしが、と言いたそうな顔をするも、臼井はすぐさま応じた。

「それは妙案ですね。何がよろしいでしょうか」

あっさり乗る臼井に、美津が言う。

「そこで売っているきんつばなどは、人気の品ですよ。さ、お嬢様もまいりましょう」

美津に連れられて入ったのは、赤城明神とは目と鼻の先の小店だ。

戸口からは、鳥居を出入りする人がよく見える。

美津は臼井を店の奥へ誘い、琴乃は戸口に立って、品を選ぶふりをして鳥居に目を向けた。

すると程なく、伊織が出てきた。

見られないよう暖簾の隙間から見ていると、

「若、何を願ったのです」

一京がそう声をかけた。

伊織は微笑みながら、

「兄の旅の無事を願いました」

そう答えた。

声を聞いて、琴乃は複雑な気持ちになった。伊織が自分のためではなく、道場と家族のために、御前試合を目指しているのを知っていたからだ。

暖簾の外に出て、帰っていく伊織の後ろ姿を見届けた琴乃は、出てきた美津に言う。

「お元気そうで、安心しました」

美津が、伊織の後ろ姿を見ながら言う。

「御上が決められたことですから、悔やんでおられないのでしょう」

「誰が何を悔やむのですか」

　きんつばの包みを手に持って出てきた臼井に、琴乃はなんでもないと言って、赤城明神にお参りした。

　本殿に頭を下げ、帰ろうとした琴乃に、美津が寄り添って告げる。

「伊織様は、首巻をされていましたね」

　気づいていた琴乃は、微笑んでうなずいた。今日一番の、喜びだったからだ。

「帰りましょう」

　声を弾ませた琴乃は、美津の手を引いて家路を急いだ。

　後ろに付いていた臼井が、足を止めて振り向いている。

　それを見て、美津が声をかけた。

「臼井殿、いかがなされたのです」

　琴乃が振り向くと、臼井は足を速めて歩み寄る。

「誰かに跡をつけられていると思うたのですが……」

　もしや伊織殿では。

そう期待した琴乃は、臼井の背後に目を向けた。だが、忙しそうに行き交う町人たちと、紋付き羽織袴に大小の刀を帯びた武家と、その供の者しか目に入らず、伊織の姿はどこにもなかった。

「気のせいでしょう」

美津が言うと、臼井は、そのようです、と答えて、琴乃に家路を急ぐよう促した。

だが、臼井が気配を感じたのは、間違いではなかった。

家路につく琴乃の後ろ姿を、物陰から見つめる者がいたのだ。

気づかれぬよう間を空けて出たのは、真新しい編笠の紐を尖った顎に結び、濃緑の羽織に黒の袴を穿(は)いて大小の刀を帯に差した男だ。

存在に気づかれることなく、琴乃が帰る家を確かめた男は、裏門の前を通り過ぎたところで立ち止まり、したり顔で薄い笑みを浮かべると、足早に去った。

屋敷に戻った琴乃は、臼井から土産のきんつばを渡されて喜ぶ益子を横目に、祖父のために新しい薬を煎じた。

熱いのを湯呑み茶碗に入れて、きんつばを持つ益子と共に、松哲の部屋に行った。

孫娘の顔を見て、松哲が目を細める。

「おお、帰ったか」

「今日は寛斎先生に学んだばかりの薬を作ってまいりました。心ノ臓に良いそうですから、お飲みください」

「うむ」

琥珀(こはく)色の薬湯が入った湯呑み茶碗をつかんだ松哲は、飲み干した。

「苦いですか」

うかがう目を向ける琴乃に、松哲は微笑んだ。

「そなたの気持ちが入っておるから、旨い」

すると益子が、茶碗の底に残っているのを味見した途端に、顔をくしゃりと歪めた。

「おお苦い。よく平気でいられますね」

松哲は笑って、益子が取った皿からきんつばを奪うと、一口食べた。

「良薬は口に苦し。琴乃のおかげで、長生きできる。お前も、今日から飲むがよいぞ」

「わたしは元気ですから、お茶でよろしゅうございます」

益子はそう言うと、琴乃にいたずらっぽい笑みを見せて、きんつばを口に運んだ。

松哲が琴乃に問う。

「ところで、寛斎は変わりないか」

「はい。お元気でした」

「誰ぞ、他に来ておったか」

「いえ、わたしだけでした」

「そうか。ならばよいのじゃ」

松哲らしからぬ歯切れの悪い感じを受けた琴乃は、父から何か言われたのかと勘繰り、益子の顔を見た。

益子は目を合わせず、茶をすすっている。妙な雰囲気だ。

琴乃は祖父の顔を見た。

「父上が何かおっしゃいましたか」

松哲は首を横に振った。

「帯刀ではのうて、勝正(かつまさ)がまいったのじゃ。そなたが寛斎のところにまいったと聞き、心配しておった」

益子が、琴乃の手を取って言う。

「初音道場のご子息と、懇意にしているのですか」

ずばりと訊いてきた益子は、心配そうな顔をしている。

琴乃は、祖母の温かい手に手を重ねて微笑んだ。

「勝正殿は、何か勘違いをされているのです。初音殿は寛斎先生に薬をいただきに来られますが、あいさつを交わす程度で、しばらく顔を見ておりませぬ」

益子は微笑み、松哲に言う。

「わたしが言ったとおりでしょう。琴乃がみだりに殿方と懇意にするはずはないのですから、心配なさらなくても」

「わしは、心配などしておらぬ。勝正が一人で騒いでおるのじゃ」

口を尖らせて訴える松哲に、益子は、しょうがない人、というような顔をして、琴乃に向いた。

「寛斎先生のところに迎えに行くとおっしゃるから、おやめなさいと言ったのですよ」

琴乃は、気持ちを胸の奥に閉じ込め、明るく微笑んでみせた。

「薬学のことで頭がいっぱいですから、ご心配なく」

「であるな、うむ。そうじゃそうじゃ」

松哲は自分に言い聞かせるように繰り返すと、残りのきんつばを口に入れ、嬉しそうに目を細めた。

部屋に戻った琴乃を追って入った美津が、障子を閉めて言う。

「勝正様は、お嬢様がこちらにまいられたと知り、行動を手の者に探らせてらっしゃるのでしょうか。だとすると、赤城明神で伊織殿をお見かけしたのも、見られていたかもしれませぬ。臼井殿が気づかれたのは、その者だったのかもしれませぬから」

見張りがいるのかと思うと、琴乃は気持ちがぐっと沈んだ。

美津が意を汲んだように言う。

「許嫁でもないというのに、これでは、質の悪い付きまといと変わらぬではありませぬか」

まさにそんな気がする琴乃であるが、悪気もないのであろう。父帯刀が初音家を忌み嫌うのを知っている勝正にすれば、琴乃と伊織を接触させぬための、正しいおこないなのかもしれぬ。

琴乃は、番町の本宅で父と勝正が話をしていたのを思い出し、また何か言われるような気がしてならなかった。

琴乃は目をつむり、胸に手を当てた。

「お嬢様、大丈夫ですか」

「ええ……」

大きな息を吐き、気持ちを落ち着かせて美津を見た。

「臼井殿が気づかれたのは、美津が言うとおり、勝正殿の手の者なのでしょうか。気のせいならよいのですが」

美津が真顔でうなずいた。

「次からは気を付けて確かめるよう、臼井殿にお願いします」

行こうとするのを、琴乃は止めた。

「臼井殿とて、父上の命を受けているのですから、相手が勝正殿のご家来ならば、手を結んでわたしを見張るのではないでしょうか」

「そうでした。では、どういたしましょう」

「今は寛斎先生のところに通えているのですから、騒がないほうがよいでしょう」

まだはっきりとはしないものの、赤城明神で伊織に声をかけなくてよかったと、琴乃は改めて思うのだった。

六

臼井小弥太(こやた)が怪しい影に気づいたのは、寛斎の家から帰る琴乃の後ろを歩いていた時だ。

先日と同じように、背後に気配を感じたのだが、榊原(さかきばら)勝正の手の者がいると帯刀から聞いていただけに、初めは警戒しなかった。しかしふと、初音伊織ではないかと思い、三辻を曲がる時に、それとなく目を向けた。

確かに人影があったが、怪しく身を隠した。

勝正の家来としても、密かに目を光らせているのならばそうするであろう。だが、馬廻り役として帯刀を守ってきた臼井の直感が、危うさを察知した。一瞬だけ見えた表情、特に目つきが、獲物を狙うような光を帯びているように見えたのだ。

何者か確かめるべく、臼井は前を歩く美津にそっと告げた。

「気を付けて」

美津は勝正の見張りがいると思ったのだろう。心得たという面持ちでうなずき、琴乃に近づいて先を急がせた。

臼井は路地に入り、怪しい男が来るのを待った。しかし、来ない。

そっと顔を出してみても、歩いているのは町人ばかりだ。戻って通りを確かめたが、認めていた浪人風の姿はどこにもなかった。

「わたしの思い過ごしか」

そう独りごちた臼井は、琴乃を無事屋敷に送り届けると、今日の役目を終えたとばかりに、一息つくのだった。


時を同じくして、番町の本宅では、倒幕派を捕らえるための合議を評定所で終えた帯刀が、帰ったところだった。

供をしていた吉井大善は、帯刀の駕籠に付き添っていたのだが、表門に近づいた時、隣家の塀の角からこちらをうかがう人影に気づいて顔を向けた。するとその者は、身を隠した。

吉井はその影を追わず別の道に走り、隣家の裏手に回った。近づく足音を確かめ、漆喰(しっくい)壁に背中を付けると、刀の柄袋(つかぶくろ)を取った。

足音の主が、小路から出てきた。編笠を被り、黒ずくめの羽織袴姿から、宮仕えの者ではないと判断できる。

倒幕派の曲者(くせもの)と看破した吉井は、鯉口(こいぐち)を切った。

「おい」

声にびくりとした曲者が振り返り、吉井を見て目を見開いた。

問答無用に刀を抜いた曲者は、気合をかけて斬りかかってきた。

袈裟(けさ)斬りに打ち下ろされる相手の一撃を、吉井は大刀を抜いて弾き上げ、相手の喉元で切っ先をぴたりと止めた。

うっ、と息を呑んだ曲者は下がったが、吉井の切っ先は喉元から離れぬ。

壁に追い詰められた曲者は、吉井の殺気に圧(お)されて刀を捨てた。

「誰の手の者だ」

問う吉井に、男が口を割ろうとした時、背後で声がした。

「それがしがお相手つかまつろう」

急に沸き立った殺気に、吉井が曲者から刀を引いて下がり、新手に向いた。

三十代と思しきその男は、やはり黒の羽織と袴に身を包み、腰に大小を帯びている。

懐手にして余裕の態度だが、面長で中高の顔は、目つきも鋭く険しい。

吉井は、その男を見据えた。

「何者だ。名乗れ！」

男も目をそらさず答える。

「鎌田京端先生の弟子だ」

吉井は目を見張った。

幕政改革の陰謀に関わったとして幕府に追われ、命を落とした儒学者の鎌田京端には大勢の弟子がおり、今まさに、帯刀が目を付けている者たちだからだ。

「そちらから現れるとは、捜す手間が省けた」

そう告げた吉井は、刀を峰に返し、捕らえる意思を示した。

男は袖から手を出して大刀の鯉口を切る。

吉井は裂帛の気合をかけ、猛然と迫った。

袈裟斬りに肩を狙う一撃を、男は飛びすさってかわす。

吉井は返す刀で相手の脛を狙ったが、飛んでかわした男は、着地するなり抜刀し、真一文字に一閃した。

その太刀筋は、電光の如く。

吉井は下がってかわしたつもりだったが、狙ったように袴の帯を断ち切られており、腰の部分が割れてずり下がった。そのせいで足がもつれ、仰向けに倒れてしまった。

慌てた吉井は、刀を相手に向けようとしたのだが、打ち払われ、喉元にぴたりと切っ先が止められた。

睨み上げる吉井に、男は真顔で告げる。

「井伊大老の犬になった松平帯刀は、京端先生の弟子の中で、誰に目を付けておる」

「知ってどうする」

「井伊の思いどおりにさせぬためにも、我らが守る」

「ふん。それを聞いて口を割ると思うか。とっとと殺せ」

男はため息をついた。

「仕方ない。では、別の手を使うといたそう」

言うなり、柄頭で吉井の頭を打った。

気を失って倒れる吉井を見下ろした男は、周囲に警戒の目をくばり、仲間を連れて走り去った。


意識を取り戻した吉井は、ぼんやりと天井を見つめていたが、はっとして起き上がった。

「目をさましたか」

声に顔を向けた吉井は、険しい表情で屋敷の板の間に座している帯刀に目を見張り、正座して両手をついた。

「不覚を取りました」

頭の痛みに顔を歪める吉井に、帯刀は厳しく問う。

「そなたほどの遣い手を倒すとは、由々しきことじゃ。相手は誰だ。初音道場の者か」

「いえ、鎌田京端の弟子だと申しました」

「何！」

帯刀は憤慨して立ち上がった。

「わしを狙うておったのか」

「さにあらず。殿が弟子の誰を捕らえようとしているのか、知りたがっておりました」

帯刀は忠臣を睨んだ。

「命惜しさにしゃべったのか」

吉井は屈辱に唇を噛みしめ、首を横に振った。

「別の手を考えると申しました。捕らえられず、申しわけありませぬ」

「御前試合に出る必要がのうなり、気が抜けておったのであろう。此度は不問に付すが、次は許さぬ。その者を必ず捕らえよ」

「はは！」

額を床に当てて平身低頭した吉井は、立ち去る足音を聞きながら、悔しさに歯ぎしりをして、爪を床に立てて拳を作った。

自室に戻った帯刀は、上座の茵（しとね）に座ると、待っていた芦田藤四郎に不機嫌そうな顔を向けた。

「幸い、身体に異常はない」

家来を案じて自ら介抱していた帯刀に、藤四郎は真顔で応じる。

「ようございました。して、相手は」

「鎌田京端の弟子と名乗ったそうだ」

「まさか……」

藤四郎は目を見張った。

「鎌田の弟子どもは、鎌田が獄中死したのを機に、御大老の仕置に恐れをなして西国に逃げたはずでは」

「恐れておるのに変わりはない。わしが誰を追っているか、知りたがっておったようじゃ」

「しゃべったのですか」

帯刀は首を横に振った。

「口は堅い。が、まさか吉井が倒されるとは思いもしなかった」

藤四郎は深刻そうな顔でうなずいた。

「吉井が敵わぬほどの相手となると、この先が心配です。明日からの登城は、人を増やしまする」

「よい。探索の手が足りぬようになる」

「しかし……」

「わしを襲うてくれば、数に物言わせて捕らえる。案ずるな。そちは引き続き、一橋(ひとつばし)派の動きを探れ。その中に必ず、鎌田の一番弟子がおるはずじゃ」

「はは。承知しました」

藤四郎は頭を下げ、そばに置いていた名簿を取って差し出した。

「今日までに判明した、倒幕を望む者たちの名を記してございます」

受け取って、新たに加えられた名を確かめた帯刀は、眉間の皺を深くした。尾張、水戸、小浜、福井といった名だたる藩をはじめとして、捕らえるべき者の名が増え続けている現状に、この国の未来を案じずにはいられなかったからだ。

## 七

帯刀の苦悩を知る由もない琴乃は、祖父のため、己のために、今日も寛斎の許に学びに来ていた。

髪には、伊織がくれた、細かな花の銀細工が美しい平打ちの簪を挿している。

若草色の地に花柄の着物が汚れぬよう前掛けをして、薬作りに没頭する琴乃を見守っていた寛斎が、簪に気づいて、近くに美津がいないのを確かめて口を開いた。

「そなた、伊織をどう思うておるのじゃ」

唐突な質問に、琴乃は手を止めた。寛斎のほうを向かずに、顔を赤くして黙っている。

「分かりやすい奴じゃ」

そう言って笑う寛斎は、すぐ真顔になった。

「じゃが、そなたは名門松平家の姫じゃ。本来ならば、将軍の許しを得て縁を結ぶ身分ゆえ、伊織を想うのは、茨の道ぞ」

琴乃は、寛斎に向いた。

「心得ております。でも……」

伊織に対する想いを正直に言おうとしたところへ、美津が来た。

口を閉ざす琴乃に、美津が言う。

「お嬢様、伊織殿がまいられました」

琴乃は動揺した。自分のせいで、御前試合に出られなくなったと思っているからだ。

尻を浮かせ、どこに身を隠そうかとうろたえる琴乃だったが、廊下に足音がした。

部屋に来た伊織は、紺の羽織と袴を着けている。首巻を使ってくれているのを見た琴乃は、嬉しさを噛み殺して、神妙に頭を下げて場を空けた。

そんな琴乃に優しい眼差しを向けた伊織は、髪に挿された簪に目を留め、唇に笑みを浮かべた。

琴乃と会釈を交わした伊織は、寛斎に頭を下げて切り出した。

「先生、突然すみませぬ」

「うむ。用はなんじゃ」

「父の咳が明け方から止まらなくなり、苦しそうなのです」

「熱は」

「今のところありませぬ」

うなずいた寛斎は文机に向き、処方を書いて琴乃に差し出した。

「このとおりに作りなさい。折よく薬草を、庭に干しておる」

「わたしでよろしいのでしょうか」

遠慮がちに言うと、寛斎はうなずいた。

「琴乃殿、お頼み申します」

伊織に頭を下げられた琴乃は恐縮して応じ、美津と共に、薬草を選びに庭に出た。

それを見ていた寛斎が、伊織に言う。

「御前試合のことで、今も気落ちしておるのか」

伊織は微笑んだ。

「御公儀が決めたことですから、あきらめました。相変わらず門人も来ませぬので、毎日暇を持て余しております」

「さようか」

「わたしのことより、父が心配です。近頃、めっきり年を取ったように見えるのです」

寛斎は真顔で答える。

「誰とて年は取るものじゃ。親がいつまでも若いと思うてはならぬ」

「はい」

「特に、昨年はいろいろありすぎた。生涯の伴侶と思うていた菫殿を喪うてしもうたのは何より辛かったであろうが、剣術ができぬ身体にされてしもうたのも、こころに悪い。屋敷に引き籠もってばかりおるのか」

「はい。足が痛いと申されます」

「それではいかん。たまには、外へ連れ出しなさい。頭でいやと思うて拒んでも、外の空気を吸えば、身とこころは、気晴らしになるはずじゃ」

「承知しました。菩提寺の梅が見頃になってきましたから、さっそく明日にでも、連れ出します」

「それがよい。琴乃、薬草はあったか」

「ございました」

選んだ薬草を持って入った琴乃が、薬研で潰しはじめた。

寛斎は、合わせる薬草の量などを細々と指導し、琴乃は真剣な眼差しで手を動かしている。

薬草の、鼻をつんと突く匂いがしてきた。

合わさった粉を匙に取って匂いを確かめた寛斎は、満足そうにうなずき、琴乃に指図をした。

黙って待っていた伊織に、琴乃が薬の袋を差し出した。

「ありがとう」

琴乃は笑顔で首を横に振る。

受け取った伊織は、寛斎にも礼を言い、帰ろうとしたのだが、止められた。

「そう慌てずとも、十太夫殿は大丈夫じゃ。旨い菓子があるゆえ、食べて行きなさい」

伊織の前に菓子箱を置いた寛斎は、美津に手伝えと言って、部屋から出ていった。

思いがけず二人きりになり、伊織は、戸惑った様子の琴乃に微笑んだ。

「今日は久しぶりにお顔を見られて、嬉しいです」

琴乃は、申しわけなさそうな顔をして何か言おうとしたが、思いとどまった様子で口を閉ざし、簪にそっと触れた。

「良い品を、ありがとうございました」

伊織は、何を言おうとしたのか気になりはしたが、首を横に振って応じる。

「気に入っていただけて、良かった」

沈黙が続くが、伊織は、不思議と落ち着いている。

琴乃はどうなのだろうと思い、そっと顔を見ると、目が合った。

琴乃は目を泳がせ気味に、口を開く。

「お父上の咳は、心配ですね」

「梅の季節になると、いつも出るのです。先生が処方された薬を飲めば楽になりますから、大丈夫」

「良かった」

安堵する琴乃に、伊織が思っていることを告げた。

「人を助ける薬を学ぶ琴乃殿は、こころが優しいお方だ」

琴乃は恥ずかしがり、真顔になってまた何か言おうとしたところへ、廊下で寛斎の咳ばらいがした。

下を向く琴乃が気になった伊織であるが、寛斎が自分の茵に座り、美津が茶を淹れた湯呑みを置いてくれたので、礼を言った。

寛斎が伊織に向いて言う。

「わしは、そなたが御前試合に出られなくなって良かったと思うておるぞ」

伊織は神妙な顔で問う。

「何ゆえでございますか」

「勝ち残って五本の指に入り、幕府の手先にさせられれば、今のご時世、人を斬らねばならぬからじゃ」

こう述べた寛斎の目は、険しかった。

黒船の来航以来、倒幕の声が方々で上がったのは、伊織も知っている。

今では、倒幕派の連中を力で押さえようとする幕府によって、大勢の者が捕らえられ、水戸など、名門の大名すらも隠居に追い込まれたと一京から聞いて知っていた伊織は、寛斎に真顔でうなずいた。

「先生がおっしゃるとおりです。わたしは剣を極めたいですが、人を斬りとうはありませぬから」

「そうであろう」

寛斎は微笑み、琴乃に向いた。

「聞いたか。こころ優しい伊織には、どだい無理な役目じゃ。これで、良かったのじゃ」

なんのことか分からぬ伊織が琴乃を見ると、琴乃は、安心したような顔をしていた。

「伊織」

呼ばれて向く伊織に、寛斎は真顔で言う。

「今、井伊大老は倒幕派の者を次々と投獄し、厳しい裁きをくだしはじめておる。十太夫殿のことで、よう分かっておろうが、くれぐれも、倒幕派の連中に関わるでないぞ」

「心得ました」

「お前はそもそも、道場の跡取りではないのだから、気負わず、己の道を歩むがよい。剣術などやめて、わしの弟子にならぬか。ここで、琴乃と人助けを学べ」

思ってもみなかった誘いだが、今の伊織は、こころに決めたことがある。

「せっかくのお誘いですが、兄上が無事戻られるまでは、道場を守ります」

寛斎は渋い顔をする。

「今の道場は、十太夫殿の弟子でも守れよう」

誰も来ぬ、と寛斎は言いたいのだろう。

「そうですが……」

萎(しお)れる伊織に、寛斎は手箱を引き寄せて言う。

「お前に、見せたい物がある」

黒漆塗りの蓋を開けて取り出して渡されたのは、一通の手紙だった。白い包みには何も書かれていない。

「菫殿からじゃ」

「母から」

驚く伊織に、寛斎はうなずく。

「亡くなる少し前に、渡されたのじゃ。読んでみよ」

伊織は包みを取り、文を開いた。確かに母の字だった。

　先生にお願いがございます。

　余命幾許（いくばく）もないわたくしの気がかりは、次男伊織の将来でございます。

　こころが優しい伊織には、厳しい剣の道で生きるのは難しゅうございましょう。

　長男の智将が道場を継いだ暁には、伊織を先生の弟子にしていただけませぬでしょうか。

　あつかましいのを承知で、お願い申し上げます。何とぞ、おこころの片すみにでも置いていただければ、幸いにございます。

文を読み終えた伊織の脳裏に、優しく微笑む母の顔が浮かんだ。

「母は、このように考えておられたのですか」

寛斎はうなずいた。

「菫殿の本心は、そなたに剣の道に進んでほしくなかったのじゃ。この文を受け取り、わしはそなたを誘う腹積もりでおったが、十太夫殿があのような仕打ちを受け、菫殿が急逝したのちに、強い志で御前試合に臨むそなたを見て、言い出せずにおった」

「父も、母の気持ちを知っておられるのですか」

寛斎は首を横に振った。

「菫殿は、わしの返事を待って話すつもりだったのじゃ。わしがもう少し早う決断しておれば、少しは安心して旅立てたかもしれぬと思うと、申しわけないことをした」

「そうでしたか」

母を想い気持ちが沈んだ伊織に、寛斎が言う。

「しかし今は、御前試合への道を絶たれたのじゃ。母御の願いどおりに、剣を捨ててわしの弟子にならぬか」

手に持っていた母の文を見つめた伊織は、迷った。確かに寛斎の言うとおり、御前試合へ出られぬのだから、剣術の稽古を続ける必要はない。だが、日々上達する喜びを感じていた己の気持ちに反して、木刀を置けるのか。

すぐには答えを出せず、伊織は母の文をもらう許しを得て懐に入れ、寛斎の目を見た。

「しばらく、考えさせてください」

「良い返事を待っておるぞ」

寛斎は莞爾（かんじ）として笑い、湯呑みをつかんで茶をすすった。

黙って聞いていた美津が、伊織を心配そうに見ている琴乃を促す。

「お嬢様、そろそろ帰る刻限にございます」

顔を向けて応じた琴乃が、ふたたび伊織を見て何か言おうとしたが、思いとどまった様子で、寛斎に三つ指をついた。

「今日も、しっかり学ばせていただきました。ありがとうございました」

「うむ。明日も待っておるぞ」

「よしなにお頼み申します。では」

伊織が折を見て言う。

「父の使いで赤城明神近くまでまいりますから、途中までお送りしましょう」

琴乃は一瞬だけ戸惑ったような顔をした。

それを見逃さぬ寛斎が、伊織を引き止める。

「伊織、まだ話がある。菓子を食べなさい」

「しかし、父の使いで真友堂に行かなくてはならぬのです」

「刀剣屋は逃げぬ。とにかく座れ」

立っていた伊織は、琴乃と会釈を交わして見送り、寛斎の意図が分からず首を傾げると、座りなおした。

「これを食べなさい」

差し出された菓子箱から、かりんとうをつまんで口に運んだ伊織は、甘くて香ばしい味に目を見張った。

「旨い」

「そうであろう。琴乃がくれたものじゃ」

伊織は寛斎と目を合わせた。

「ところで、お話とは」

「さて、なんであったかの」

「は？」

「年寄りを急かすと、より分からなくなるゆえ、ゆっくり菓子を食うて待て。今に思い出す」

とぼけたような顔で言う寛斎は、結局、たいした話はないようだった。

「真友堂には、何をしにゆく。十太夫殿は、わしと同じような身体になっても、潔う刀を捨てられぬのか」

「父は、あれ以来刀を手にしておりませぬ。わたしには申しませぬが、あるじを道場に呼ぶよう言われていますから、おそらく、数ある名刀を手放そうとしているのではないかと」

「道場の今を案じて、暮らしの足しにするつもりか」

「門人を一人でも多く増やすため、御前試合に望みをかけていただけに、残念でなりませぬ」

肩を落とす伊織に、寛斎が言う。

「これも、菫殿とご先祖の導きじゃと思うて前向きに考えよ。討伐組に入らずにすんだのじゃから」

伊織はうなずいた。

「もう帰ってよいぞ」

「お話とは」

「いずれ、思い出す」

笑う寛斎の意図が結局分からなかった伊織は、礼を言って家を出た。

ふと空を見上げ、琴乃は今どのあたりだろうと思いつつ、父の用を伝えるため真友堂に急いだ。

## 八

「寛斎先生は、気を遣ってくださいましたね」

美津が琴乃に言い、周囲を気にして、臼井に向いた。

「臼井殿、お嬢様と初音殿はあいさつしかされませんでしたから、殿が誤解されるようなことを報告されるのは控えてください」

臼井は戸惑った顔をした。

「しかし、お嬢様と会われたのは確かですから、黙っていれば、それがしが罰を受けます」

「お嬢様が叱られてもよいと申されるのですか」

美津の圧力に、臼井は眉尻を下げた。

「そのように言われても、困ります……」

琴乃が足を止めて振り向いた。

「臼井殿、よいから父上に報告なさい。わたしは、叱られるようなことは何ひとつしておりませぬから」

「お嬢様……」

心配する美津に、琴乃は言う。

「こうしているあいだにも、勝正殿の手の者がどこかで見ているとすれば、伊織殿がまいられたことは父の耳に入りましょう」

「そうでした」

美津は見張りの者を捜して、周囲を見回した。

琴乃は臼井に言う。

「わたしは、やましいことなどしていないのですから、隠す必要はありませぬ」

「薬を取りにまいられただけ。殿にはそのようにご報告いたします」

真顔で告げる臼井に、琴乃は微笑んだ。

家路を急ぐ琴乃に、美津が近づいて言う。

「今のところ、怪しい者はおらぬようです」

うなずいた琴乃は、気にしない体で歩みを進め、武家屋敷に挟まれた通りに入った。

珍しく人が歩いていないのを不思議に思いつつ歩みを進めていると、前から荷物を背負った商人が来て、武家の琴乃たちに気づくと、道の端に寄って頭を下げた。

臼井は琴乃を守って歩み、警戒を怠らぬ。

すれ違うと、商人は先を急ぐように小走りで去ってゆく。

曲者が道を塞いだのは、もうすぐ済松寺の山門が見える場所まで来た時だった。

つと路地から現れた黒装束の男が二人、鋭い目を琴乃に向けて迫ってきた。

後ろばかり警戒していた臼井の対応が遅れ、気づいた時には、琴乃の目の前まで来ていた。

丸顔で彫りが深く、意志の強そうな男が琴乃を見据えて口を開く。

「松平帯刀の娘だな」

琴乃が答えるより先に、美津が前に出た。

「無礼者、何ごとですか」

男は答える代わりに、美津の腹を刀の柄頭で打った。

一瞬の突きに息ができなくなった美津が、苦しそうな顔をして膝をつくも、心配する琴乃を押し下げた。

「何をするか!」

怒鳴った臼井が抜刀し、曲者に斬りかかった。

引いて刃をかわした丸顔の男が、一足飛びに間合いを詰める。

抜刀術の鋭い一閃を辛うじて受け止めた臼井を、丸顔の男が押し離して言う。

「帯刀の馬廻り衆は、その程度か」

臼井は琴乃を守って立ち、相手を睨んだ。

「貴様ら、何者だ」

「聞いておらぬのか。吉井大善を倒した者の仲間と言うておこう」

臼井は愕然とした。

「吉井殿を倒しただと！　馬鹿を申すな！」

「ふん」

薄笑いをすぐに消した丸顔の男の眼光が鋭くなった。その目は臼井ではなく、肩越しに後ろへ向けられている。

足音が近づき、臼井の横に並んだ男が言う。

「助太刀いたす」

見知らぬ男は、勝正の手の者だと名乗った。

やはり見張っていたのだと琴乃は思いつつも、心強い味方を得て美津を助け起こした。

だが、臼井と勝正の家来は、二人の曲者に斬りかかるも敵わず、臼井は右の太腿に深手を負い、勝正の家来は右腕を斬られ、倒れて激痛にのたうった。

一瞬の出来事に、琴乃は恐怖に声を失った。美津は苦しみながらも、琴乃をかばっていたのだが、

「どけ！」

丸顔の男に顔をたたかれ、肩をつかみ上げられて壁際に飛ばされた。

「美津！」

叫ぶ琴乃の腕をつかんだ丸顔の男が、乱杭歯（らんぐいば）を見せる。その刹那、首に衝撃を受けた琴乃は、気を失った。

「お嬢様……」

美津は意識が朦朧（もうろう）とする中で、琴乃に手を伸ばした。

琴乃は町駕籠と同じ形の駕籠に押し込められ、連れ去られてゆく。

騒ぎを聞いた町の者たちがようやく駆け付け、三人の若者が、苦しんでいる美津に声をかけた。

「何があった！」

「伊織様……」

「誰だって？」

問う若者に、美津は言う。

「急いで、真友堂に連れて行ってください」

「おう、真友堂ならすぐそこだ。我慢しなよ」

若者は、琴乃が攫(さら)われたと訴える臼井たちに応じて、仲間の二人に、琴乃を連れ去った駕籠を追わせると、美津を背負って、路地を走った。

真友堂で、あるじの幸兵衛(こうべえ)に父の用件を伝えた伊織は、甘酒をすすめられたのを断れず、板の間の上がり框(かまち)に腰かけたところだった。

「初音伊織さんはいるかい！」

大声で言いながら店に入った若者に顔を向けた伊織は、美津が背負われているのを見て立ち上がった。

「どうされました」

下ろされた美津が、ふらつきながら言う。

「お嬢様が、曲者に拐(かどわ)かされました」

思いもせぬ言葉に、伊織は目を見開いた。

二十代の若者が言う。

「あんた、強いそうだな。おれの仲間があとを追っているからよう……」

「どっちに逃げたのですか」

外へ出ようとした伊織の腕を若者がつかんだ。

「人の話を聞け。そのうち仲間が、賊が逃げた先を知らせにここへ来る。動くのはそれからだ」

「お嬢様、ああ、なんてことでしょう」

心配のあまり立っていられない様子の美津を、店の手代が板の間に腰かけさせた。

幸兵衛が奥へ入り、黒漆の鞘の大刀を手に戻ってきた。

「伊織様、丸腰では助けられません。これをお持ちください」

素直に受け取った伊織に、幸兵衛が言う。

「若い刀匠の新刀ですが、腕は確かで、名刀に引けを取りませぬぞ」

「お借りします」

帯に落とした伊織は、外で待つと言って表に出た。

こうしているあいだにも、琴乃が恐ろしい目に遭っているのではないかと思うと、心配でたまらなかった。

若者が言ったとおり、むやみに動けば行き違いになる。

通りに目を走らせ、こちらに来る若者がいれば目で追った。

若者はじっと見られて、訝しそうな顔をして通り過ぎてゆく。

あとから出てきた若者に、伊織は問う。

「まだ来ませんか」

「焦るな。おれは長吉っていうもんだ。普段は人様から銭をいただいていろいろ調べるのを生業にしているからよ、仲間は必ず、野郎どもの行き先を突きとめる」

「大丈夫でしょうか。何かされていなければよいのですが」

心配する伊織に、通りを見ていた長吉が顔を向けた。下卑た笑みを浮かべて言う。

「何かって、何だ。手籠めにされやしないか心配なのか」

思ってもいなかった伊織は、長吉を見た。

「そういうことをしそうな者に拐かされたのですか」

長吉は険しい顔で答える。

「さあな、何せ旗本の姫様だ。しかも松平帯刀の娘とくれば、恨んでいる野郎たちの仕業かもな」

「それはほんとうですか」

驚いて問う伊織に、長吉が不思議そうな顔をする。

「ひょっとして、今知ったのかい」

「はい」

薄々武家の娘だとは思っていたが、まさか、父が忌み嫌う松平帯刀の娘とは思ってもいなかっただけに、動揺した。

琴乃は、伊織が初音十太夫の息子だと知っているのだろうか。

そのことが知りたくなった伊織は、美津に確かめようとしたのだが、思いとどまった。今は、どうでもいいことだと感じたからだ。

誰の娘でも、琴乃は琴乃だ。首巻をそっと触った伊織は、じっと顔色をうかがっていた長吉に問う。

「松平帯刀殿は、何ゆえ恨まれるのです」

長吉は鼻頭に皺を寄せた。

「どこの若様だい。世の中を知らないにもほどがあるぜ」

父も忌み嫌っているとは言えず、伊織は問う。

「どういう意味です」

「松平帯刀といえば、泣く子も黙る井伊大老のお先棒担ぎの一人だ。倒幕派といわれている者たちを炙り出し、容赦なく捕らえているんだから、恨んでいる者は大勢いるだろうよ」

「そのような者に拐かされたのなら、琴乃殿はどのような目に遭わされるか……」

より心配になってきた伊織に、長吉は真顔で告げる。

「おれたちが通りかかったのが、姫が幸運の持ち主ってことだ。心配しなさんな、仲間が必ず知らせに戻るから、そこからが、お前さんの出番だ」

「お仲間は、助けてくれないのですか」

「冗談じゃねえや。おれたちゃこっちのほうはからきしだ」

長吉は刀を振る真似をして続ける。

「侍に素手で立ち向かう馬鹿はいねえ。居場所が分かったあとは、昌福寺の試合で勝ち残ったお前さんの出番だ」

「ご存じでしたか」

「あの侍女から聞いたのさ」

店の中を指差した長吉が、改めて伊織の立ち姿を見て言う。

「これまで剣の凄腕を大勢見てきたが、お前さんは、ちっとも強そうに見えねえな」

「運が良かっただけです」

伊織はそう言うと、通りに目を向けた。

長吉の仲間を待ちわびたが、半刻（約一時間）が過ぎても、戻ってこなかった。


身体に伝わった衝撃で、琴乃はゆっくりと瞼を開けた。

ぼんやりと見えるのは、い草で編まれた茣蓙だ。駕籠の中だと気づいた琴乃は、猿ぐつわを嚙まされていることに大きく目を見開く。

外で男の笑い声がしたので叫ぼうとしたが、

「この女、どうする」

耳に届いた内容に絶望し、猿ぐつわを嚙みしめた。

足音が近づいた。

怖くなった琴乃は、咄嗟に、気を失っているふりをした。

垂れが上げられ、じっと見られている気配がするも、琴乃は恐怖に耐えながら目を閉じていた。

「美しい姫だ」

垂れが下ろされ、遠ざかる足音と男の声がする。

「殺すには惜しいが、命を取って、帯刀を悲しませるのはどうだ」

「いや、吉原に売ってしまうのはどうか。可愛い娘が客を取らされていると知れば、帯刀は殺されるよりも苦しむに違いない」

「男を知らぬ姫には惨い仕打ちだが、殺された同志の無念を思えば、帯刀がもっとも辛いことをしてやろう」

売るか、殺すか、相談しているのは四人ほどか。

猿ぐつわを噛む歯をがたがたと震わせながら、琴乃は聞いていた。

父はこの者たちに何をして、恨みを買っているのだろう。

そう考える余裕が、琴乃にはまだ残っていた。

男たちは走ってきたせいで疲れたのか、休んでいるようだ。

琴乃が隙間から外の様子を見ると、男たちは休んでいるのではなく、誰かを待っているのか、皆こちらに背中を向けて、一方向を見ている。

今しかない。

そう思った琴乃は、男たちの反対側の垂れをそっと上げ、這い出た。

走って逃げようとしたのだが、

「や、待て！」

怒鳴った男が追い付いて腕をつかむと、

「大人しく寝ていろ」

そう告げるなり手を振り上げた。

抗う間もなく後ろ首を打たれた琴乃は、ふたたび気を失った。

## 九

松平家の表門が閉ざされて程なく、大門扉に矢が突き刺さった。

音に気づいた番人が物見窓を開けて驚き、潜り戸から出てきた。

矢に巻かれた紙を解いて内容を確かめた番人は、仰天して中に戻った。

「殿！　姫様が大変です！」

城から戻ったばかりだった帯刀は、走ってきた門番から式台で矢文を受け取り、目を通すなり鬼の形相になった。

「おのれ卑怯な！」

「殿、何ごとでございますか」

心配する藤四郎に、帯刀は忌々しげな顔を向けて告げる。

「琴乃が攫われた」

「なんですと！」

「琴乃を無事返してほしければ、鎌田京端の罪に連座させる者の名を、明日一日だけ、高札場にすべて書き出せと言うておる」

藤四郎は琴乃を心配しつつも、玄関前に控えている吉井大善に険しい顔を向けて言う。

「吉井を襲うた者が申していた別の手というのは、このことでしたか。迂闊でございました。ここは、言うとおりにいたしましょう」

「ならぬ」

藤四郎は愕然とした。

「殿、それでは琴乃様のお命が……」

「黙れ。鎌田に与していた者を捕らえるのは、御公儀の命令じゃ。娘を助けるために敵の言いなりになれば、松平家の名折れどころか、御家の存亡にかかわる。捨て置け。それに、これは偽りかもしれぬ。琴乃が攫われた証はどこにもないのだ」

苦渋に満ちた顔でそう告げた帯刀が廊下へ上がろうとした時、吉井大善が進み出た。

「殿、それがしに今一度、挽回の機会をお与えください」

帯刀は険しい顔を向ける。

「何をするというのじゃ」

「姫様をお捜しし、命に代えてお守りいたします」

「すでに守れておらぬ」

「何とぞ！」

式台の前で平身低頭する吉井に、帯刀は不機嫌な態度を崩さぬものの、内心は、琴乃を心配しているに違いなかった。

「まだ攫われた証（あかし）はないのだ。動くにしても、隠居屋敷へ行って確かめてからにせい」

「はは」

吉井が行こうとした時、榊原勝正が来た。

襷（たすき）を掛けて戦支度（いくさじたく）をしている勝正が、帯刀に頭を下げた。

「家来が傷を負って戻りました。琴乃殿を助けられず、申しわけありませぬ。賊どもは早稲田（わせだ）村のほうへ行ったと申しますから、琴乃殿を取り戻してまいります」

行こうとする勝正を、帯刀が止めた。

「琴乃が攫われたのは、間違いないのか」

「はい。すぐに追います」

「待て、力で押せば、琴乃の命が危ない。気持ちだけいただいておこう」

「何を呑気なことを……」

急いている勝正に、帯刀は言う。

「まずは、琴乃の居場所をはっきりさせるのが先じゃ。人捜しは当家の得手ゆえ、心配無用じゃ。吉井」

「はっ」

「手の者を引き連れて、琴乃を捜しにゆけ。賊を生かしたまま捕らえるのじゃ」

「はは。必ずや、姫様を取り返してみせまする」

吉井は、すぐ動ける者を十人指名し、早稲田村へ向かった。

期待を表情に出していた帯刀は、外を向いて見送っている勝正に問う。

「戻った家来は、臼井と美津のことを申していたか」

勝正は神妙な顔で振り向いた。

「臼井殿は足に深手を負い、近くの医者に運ばれました。美津殿は、家来が気づいた時には姿が消えていたそうです。町の若者を頼っていたそうですから、琴乃殿を捜しに行ったのではないでしょうか」

「早まらなければよいが」

案じる帯刀に、勝正が頭を下げた。

「わたしもまいります。決して、邪魔はいたしませぬ」

帯刀が止めるのも聞かず、勝正は家来を連れて出ていった。

馬を馳せて神楽坂をのぼり、町中を抜けて早稲田村に急いだ勝正は、坂の途中にある空地に入って見渡した。

日暮れ時の眼下に早稲田村の田畑が広がり、遠くに、井伊大老の広大な抱え屋敷の森が見える。

「琴乃殿は、ここから見渡す景色の中の、どこに囚われているのであろうか」

案じて声に出す勝正に、側近の水谷正信が歩み寄る。

「手の者に手分けをさせ、駕籠を担いだ賊を見た者がおらぬか、手がかりを探させます」

「急げ、もうすぐ日が暮れる」

水谷は手の者を集めて指示し、二人一組に分けて捜しに行かせた。

動かず待っていた勝正の許に一報が届いたのは、半刻後だ。

一足先に来ていた吉井大善たちが、勝正と同じく聞き込みをさせていたらしく、それらしい駕籠を見たという村の百姓の証言を得て、西に向かったという。

「早稲田村ではないのか」

勝正は、井伊大老の屋敷の先を見据え、馬を進めた。

だが、日が暮れ、夜が更けても、琴乃を見つけることはできなかった。

それは吉井大善も同じで、高田馬場で鉢合わせになった時、ちょうちんの明かりに浮かぶ吉井の顔は、暗く沈んでいた。

「あの時、わたしが不覚を取らなければ姫様は……」

このような目に遭わなくてすんだという言葉が出ない吉井は、拳を地面にたたき付けて悔しがった。

ちょうちんの火を消させた勝正は、冷静に告げる。

「今宵は月も星も出ておらず、ちょうちんの明かりが遠く離れた敵から見えてしまう。かというて、この暗闇では動けぬ。ここは焦らず夜明けを待って、琴乃殿を捜そうではないか」

「それでは、姫様がどうなるか」

暗闇の中で聞こえる吉井の声は、震えていた。

勝正は問う。

「賊は、琴乃殿を人質にして、帯刀殿に何か要求してきたのであろう」

「はい」

「では、要求に応じるまで、大事な人質には手を出さぬはずだ。期限はいつだ」

「明日一日、言うとおりにすれば無傷で返すとのことです」

要求の内容を聞いた勝正は、暗闇の中に点在する家の明かりを見据えた。

「時がなさすぎる。明かりが灯されている家を、手分けして探るしかあるまい」

「同感です。用心して捜しましょう」

うむ、と答えた勝正は、吉井と協力して、琴乃を捜しにかかった。


その頃、松哲の隠居屋敷に戻っていた美津は、仏壇に向かって手を合わせ続けている益子の後ろで、意気消沈してうな垂れていた。

すすり泣く声に、瞼を開けた益子が振り向く。

「美津、もう泣くのはおやめなさい。わたくしがそなたの立場だとて、賊を相手に琴乃を助けることはできなかったはずです」

「お嬢様が今どのようなお気持ちでおられるかと思うと、胸が張り裂けそうです」

美津は泣くのを堪えようとしたが、耐えかねて突っ伏し、嗚咽した。

益子は、苦しむ美津のそばに寄り、背中をさすってやりながら言う。

「覚えていますか。琴乃が八つの時、勝手に屋敷から出てしまい、大騒ぎになった時のことを」

「忘れもしませぬ」

「あの時も、恐ろしゅうて生きた心地はしませなんだが、夕方には、けろっとした顔で帰ってきました。慣れぬ町で帰る道が分からなくなったと言うておりましたが、怪我ひとつせず、助かったではありませぬか。あの子は、ご先祖様に守られているのですから大丈夫。此度もきっと、元気に戻ってきます」

美津は顔を上げ、何か言おうとしたが、思いとどまった様子で目を伏せた。

益子は問う。

「いかがしたのです」

「いえ、なんでもありませぬ」

「嘘おっしゃい。言いたいことがあるなら遠慮なく申しなさい」

「大奥様のおっしゃるとおり、お嬢様は守られてお戻りになると思います。わたしは、そう信じています」

涙を浮かべて強く訴える美津に、益子は真顔でうなずいた。

「帯刀が、必ずや見つけて助けます。さ、一緒にお願いしましょう」

数珠を渡された美津は仏壇に向かって手を合わせ、睫毛を濡らしながら、琴乃の無事を祈念した。

いっぽう松哲は、右足に深手を負って苦しむ臼井のそばにおり、自ら看病をしてやっていた。

そのほうが気がまぎれると益子に言い、片時も離れず、臼井が意識を取り戻すのを待っているのだ。

そして、夜中も眠ることなく看病していたのが幸いしてか、東の空が白みはじめた頃になって、臼井が意識を取り戻した。

松哲を見るなり、大きく目を見開いた臼井が、布団から出ようとして足の痛みに呻いた。

「動くな。血が出るといかんから寝ておれ」

「ご隠居様、お嬢様はご無事ですか」

「まだ戻らぬが、帯刀が捜しておる。早う見つけるためにも教えてくれ、琴乃を攫うた者に見覚えはないか」

臼井は辛そうに首を横に振った。

「初めて見る顔でしたが、吉井殿を倒した者の仲間だと申しておりました」

「その話は、帯刀から聞いておらぬ」

「わたしも、賊から聞いて初めて知りました」

「無理もない。そなたは琴乃に付ききりだったのじゃ。そうか、見知らぬ者であったか」

帯刀を恨む者ならば、馬廻り衆の臼井は心当たりがあると期待していた松哲であったが、肩を落とした。

「このようなことになり、なんとお詫びすればよいか。どうか、罰をお与えくださ い」

「たわけ。美津にも申したが、罰を受けねばならぬのは賊のみじゃ。無理をすれば足を落とさねばならぬようになると医者が言うておったから、しばらくじっとしておれ。よいな」

臼井は顔を歪めて辛そうな顔をして、詫びるばかりだった。

廊下に出た松哲は、吉報がないまま夜が明けようとしている空を見上げ、琴乃がどのように過ごしているのか、それればかりを案じてため息をつくのだった。

「琴乃、早う戻ってこい」

十

手足を縛られ、猿ぐつわを嚙まされた琴乃は、まんじりともせず、冷たい板の間で横になっていた。

板戸を隔てた隣の囲炉裏部屋では、夜更けまで酒盛りをしていた者たちのいびきが聞こえる。

今日、父帯刀が要求を吞まなければ、琴乃を吉原に売るという声が耳から離れない。

琴乃を拐かした者たちは、この国の未来を案じて幕府を倒そうとする大きな志を持っているようだが、思いをひとつにする仲間を死に追いやり、あるいは捕らえた帯刀を酷く憎み、仕返しをしようとしているようだった。

どこに閉じ込められているかも分からぬ琴乃は、決して慈悲をかける気のない相手に対する恐怖と絶望で、身体から力が抜けていた。

物心付いた頃より、旗本の娘としての心構えをたたき込まれ、死に対する恐れはない。

だが、自ら命を絶つこともできぬまま、この身を売られて辱めを受けるのは、耐えられぬ。

舌を噛み切ろうと何度か試みたが、猿ぐつわを取ることはできず、身体の縄も固く結ばれて、琴乃の力ではどうすることもできなかった。

帯刀は優しくとも、賊の要求が御家の存亡に関わることならば、迷わず琴乃を捨て置く。

そう教えられて育っている琴乃は、拐かされたのは、町を出歩いた己の自業自得だと、何度も自分に言い聞かせ、きつく瞼を閉じた。

なんの物音もしていないはずなのに、背後で人の気配がした。

身体の自由が奪われている琴乃は寝返りを打つこともできず、近づく気配に声を出すことも叶わぬ。

見えぬ相手に恐れていると、肩に触れられた。

何かされる。

そう思い震えていると、強い力で抱き上げられた。

恐怖に見開いた目を向けた琴乃は、顔を見て驚いた。伊織だったからだ。

伊織は優しい目を向けたが、すぐさま勇ましい面持ちになり、琴乃を抱いたまま外に出た。

力強く走る伊織に抱かれたままの琴乃は、夜が明けたばかりの景色を見る余裕はないものの、伊織の温もりを感じて安堵した。

閉じ込められていたのは、琴乃が初めて見る建物だった。

田圃（たんぼ）の際にあるその家は、農家だった。

駕籠ごと家の中に入れられていたせいで、場所がどこかもいまだに分からないが、伊織が走って向かう先に、こんもりとした森が見える。その先が、牛込だろう。

農家から離れた場所で伊織は止まり、琴乃をゆっくり下ろして座らせると、縄を解きにかかった。

手が自由になった途端、琴乃は思わず、伊織に抱き付いた。

「怖かったな」

伊織の優しい声に、こくりとうなずく。

「もう大丈夫。さ、帰ろう」

足の縄を解かれるあいだ、琴乃は自分で猿ぐつわを取ろうとしたのだが、結び目が固すぎて解けなかった。

伊織が代わって解いてくれるのを待って、琴乃は目を見つめた。

「助けに来てくださり、ありがとうございます」

「無事で、ほんとうによかった」

「でもどうして、わたしが拐かされたのをご存じなのですか」

伊織は大きく息を吸って、額の汗を拭いながら言う。

「美津殿から聞いた。長吉という町の者とその仲間たちが、ここを教えてくれたのだ」

琴乃は周囲を見た。

「その方々は、どこに」

「家に忍び込む手引きをしてくれたのだが、普段は町の者を相手に商売をしているとかで、武家を恐れて離れた。どこかに隠れて、様子を見ているだろう。急ごう」

手を差し伸べられた琴乃は、自分の足で立ち、枯草の道を歩いた。

「いたぞ！」

「逃がすな！」

遠くでした声に振り向くと、農家から男たちが出てきていた。

伊織に手をつかまれた琴乃は、付いて走った。

後ろを見ると、五人の男が追いかけてきて道に駆け上がったところだった。

伊織が言う。

「このままでは追い付かれるから、森に逃げ込もう」

「はい」

琴乃は、伊織のあとに続いて走った。

伊織は、追っ手が見えなくなったところで森の獣道に分け入り、琴乃の手を引いて、常緑樹の枝のあいだを縫うように奥へ進んでゆく。

力強い背中と、伊織の横顔を見ながら、琴乃は必死に付いて行った。

「木の根に気を付けて」

琴乃は伊織が差し伸べてくれた手をつかんで、根のあいだに足を入れながら、杉の大木の横を越えようとしたのだが、苔に足を滑らせてしまい、その拍子に足首を痛めてしまった。

動かすのも辛くて歯を食いしばっていると、伊織が身体を抱いて引き寄せ、大木の幹に隠れた。

「捜せ！　近くにいるはずだ！」

木々の向こうから声がする。離れているように琴乃は思ったのだが、伊織は動かない。

顔を見上げると、伊織は目を閉じて耳を澄ましていた。

近くで木の枝が折れる音がしたのはその時だ。

笹を分けて歩く音がしはじめ、こちらに近づいて来る。

琴乃は気が張り詰めた。

それを察したかのように、伊織が強く抱き寄せてくれる。

杉の大木の反対側まで足音が近づき、ぴたりと止まった。気配を探っているのか、物音がしない。

程なく、

「ああちくしょう。足の裏に棘が刺さっちまった」

幹の反対側から、男の声がした。根に腰かけて休んでいるのだ。

「どうだ！」

森の中で声がすると、

「こっちにはおらぬようだ！」

幹の反対側にいる男が返事をして、足音が遠ざかった。

伊織が言う。

「少し休もう」

「わたしは大丈夫です」

琴乃はそう言ったのだが、右足の痛みに顔を歪めた。

伊織がしゃがんで言う。

「何かで切ったようだ」

言われて見ると、足首を痛めたうえに、脛から脹脛(ふくらはぎ)にかけて血が出ていた。足袋のまま走っていたため両足が泥で汚れている。

伊織は、懐から出した手拭いで傷口を巻くと、そっと足首に触れ、少しだけ動かした。

「痛っ」

琴乃は顔を歪めて、唇を噛んで耐えた。この痛みではまともに歩けそうにないと思い、伊織を見る。

「わたしを置いて逃げてください。父のことで、伊織殿を危ない目に遭わせたくありませぬから」

「何を言う」

助けようとする伊織の手を、琴乃は拒んだ。

「わたしの父は、伊織殿が御前試合に出るのを邪魔した、松平帯刀なのです」

「それがなんだと言うのだ。親が誰であろうと、琴乃殿は琴乃殿だ」

「父がしたことに加え、これ以上、伊織殿にはご迷惑をおかけできませぬ。逃げてください」

伊織は琴乃の目を見つめた。

「琴乃殿を置き去りにすれば、わたしは生涯後悔する。それでも、共に逃げてくれないのか」

琴乃は目頭が熱くなり、視界が霞んだ。

伊織は背中を向けて言う。

「松平家の娘だと、長吉殿から聞いて知った。それでもわたしは、琴乃殿が心配でたまらなかった。だから助けに来たのだ。必ず助ける。二人で帰ろう」

背負うと言われて、琴乃は遠慮した。

「歩けます」

「その足で森を抜けるのは無理だ。急がないとあの者たちが戻ってくる」

「もう一度よく捜せ！」

森に響く声に焦った琴乃は、伊織の背中におぶさった。

「しっかりつかんで」

伊織は、琴乃に木の枝が当たらぬように森の中を走り、追っ手から遠ざかった。

帯刀の娘だと知られた時のことが不安だった琴乃は、伊織の言葉が胸に沁み、安堵と幸福に包まれた。

「しっかりつかまって」

「はい」

琴乃は、たくましい肩をつかんでいた両手を、前に回した。

走る揺れで、髪から櫛（くし）が落ちたのにも気づかず、琴乃は伊織の横顔を見つめていた。

時を置かず、追う男たちが杉の大木を越えて来た。

その中の一人が、草の中に赤い物があるのに気づいて拾い上げた。

螺鈿（らでん）細工を施された赤い櫛を覚えていたその者は、前に立っている仲間に歩み寄る。

「川中（かわなか）さん、琴乃の櫛が落ちていました」

先頭に立って琴乃を拐かした丸顔の男が、杉のところまで来てあきらめていた仲間を睨み、手を森の奥へ振って追っ手を動かした。

五人の男たちが、伊織が逃げたほうへ走ってゆく。

森を抜け、田圃の畦道(あぜみち)に出た伊織は、琴乃を背負ったまま休まず歩いた。

琴乃が問う。

「ここは、どこでしょう」

伊織は遠くを指差した。

「あれに見えるのが、おそらく尾張徳川家の下屋敷かと」

朝靄(あさもや)に霞んでいるが、藩邸の広大な森と塀が見える。

伊織が歩きながら続ける。

「藩邸の向こうまで行けば町がありますから、もう少しの辛抱です」

気持ちが落ち着いたのか、伊織が他人行儀な口調に戻っているのが、どことなく寂しくなった琴乃は、しがみついていた腕の力をゆるめた。

伊織が歩きながら言う。

「農家のことは、長吉殿の仲間が、駕籠の跡をつけて知らせてくれたのですが、押し入れば琴乃殿の身が危ないと思い、寝静まるのを待っているうちに、朝方になってしまったのです」

「助けてくれて、ありがとうございます」

伊織が、琴乃の手に自分の手を添えた。

「拐かされたと聞いた時は、生きた心地がしませんでした。ほんとうに、無事でよかった」

胸が熱くなった琴乃は、緩めていた腕に力を込め、伊織の肩に頰を寄せて目をつむった。

広い道に出たところで、伊織が言う。

「もう一息、走りますよ」

「はい」

琴乃はさらに腕に力を込め、走る伊織のたくましさに、微笑むのだった。

だが、その幸せな気分をかき消す声がした。

「いたぞ！」

叫び声に琴乃が振り向くと、五人の人影が森から出て、耕す前の土を踏み田圃の中を走りはじめていたのだ。

「わたしも走ります。降ろして」

伊織はだめだと言ったが、琴乃は無理に降りた。しかしいざ走ろうとすると、右足に痛みが走った。

それでも琴乃は、我慢して足を動かし、懸命に逃げる。

尾張徳川家の長い漆喰壁の横を通り過ぎ、穴八幡宮（あなはちまんぐう）の大きな松を左に見ながら逃げた先に、やっと町があった。

琴乃が振り向くと、追っ手はしつこくせまって来ている。

伊織が琴乃の手を引き、前を向いて逃げようとした、その時、物陰から二人の侍が出てくると、抜刀して行く手を塞いだ。

「琴乃様！」

「手分けをして捜しておりました。怪我はありませぬか」

二人に声をかけられて、琴乃は目を見張った。勝正の馬廻り衆だったからだ。

家来の一人が伊織に刀を向けた。

「おのれ！　琴乃様を放せ！」

琴乃は伊織の前に出て言う。

「何をするのです。このお方は、わたしを助けてくださったのですよ」

琴乃の訴えに、男たちは顔を見合わせ、一人が片膝をついた。

「お許しください。てっきり、お嬢様を拐かした不埒者(ふらちもの)かと思いました」

とんだ勘違いに、琴乃は焦った。追っ手がすぐそこまで来ていたからだ。

「わたしを連れ去ったのは、あの者たちです」

琴乃が指差すと、勝正の家来たちが立ち上がり、刀を向けて怒号を飛ばす。

「旗本榊原家の者だ。松平帯刀殿の姫君を拐かした咎(とが)で捕らえる。神妙にせい！」

賊の五人は聞くはずもなく取り囲み、伊織を見た川中が笑った。

「小僧、勘違いで止められたか。骨折り損とはこのことよ。姫はいただいて行くぞ。者ども、榊原の家来だと偉ぶるこ奴らを痛い目に遭わせてやれ」

「おう」

声を揃える四人が刀を抜いた。

多勢に無勢だが、馬廻り衆としての誇りと腕に覚えがある二人は怯(ひる)まない。気合をかけて斬りかかった。

その横から賊の仲間が斬りかかり、たちまちのうちに、五対二の乱戦となった。

勝正の家来たちは奮戦しつつ、琴乃に逃げてくれと叫んだ。

琴乃は、懸命に伊織をこの場から離そうとしたのだが、その手を強くにぎられた。

「わたしは大丈夫」

そう言った伊織は、勝正の家来を追い詰めている五人を見た。

刀を折られ、商家の壁に追い詰められた家来たちは、いずれも腕や肩に傷を負わされて、息が上がっている。

その姿を見た川中が余裕の笑みを浮かべ、仲間に斬れと命じようとしたのだが、近づく伊織に気づいて顔を向けた。

「おい小僧、今いいところだ。邪魔をすると容赦せぬぞ」

「琴乃殿に手を出す者は、許さぬ」

川中がほくそ笑んだ。

「命を捨てる気か。お前、姫に惚れておるな」

返答の代わりに、伊織は刀の鯉口を切った。

笑みを消した川中が、

「おもしろい」

言うなり猛然と迫り、袈裟斬りに打ち下ろす。

鋭い太刀筋だが、伊織は抜刀術をもって刃を弾き上げ、切っ先を相手の喉元でぴたりと止めた。

伊織の険しい形相と剣気に、川中は息を呑んで怖気（おじけ）づいた。それでも、剣士としての誇りが勝り、引いて間合いを空け、ふたたび対峙した。

正眼に構えた伊織は、刀の柄を転じて刀身の峰を返し、前に出る。

一瞬のことだ。

その速さに目を見開いた川中は、伊織の攻撃を受け止めようとしたのだが、頭上から打ち下ろされるはずの刀は、川中の胴を打っていた。

疾風（はやて）のごとく打ち抜いた伊織は、呻いて倒れた川中を見下ろし、勝正の家来の前にいる四人に向く。

四人は気色（けしき）ばんで刀を向け、猛然とかかる。

「おのれ！」

両手でにぎる刀を右に下ろした伊織は、一人が間合いに入ったと見るや、一足飛びに詰めて胴を打って前に進み、目の前の相手が打ち下ろした刃を潜り抜けると背後を取り、相手が振り向く前に刀を振り下ろして肩の骨を砕いた。

胴を峰打ちされた男は腹を押さえて苦しみ、肩を打たれた男は無様な悲鳴をあげて倒れ、痛みにのたうち回った。

「こ奴、化け物か」

そう吐いた一人が、伊織が見ると恐れて下がり、残ったもう一人の仲間と目を合わせて、倒された仲間を捨てて逃げた。

騒ぎを知って集まっていた町の連中から、歓声が上がった。

伊織は驚いたような顔をすると刀を鞘に納め、琴乃のところへ戻ってきた。

「足は痛みますか」

このような時にでも心配してくれる伊織に、琴乃は首を横に振る。

「伊織殿は、怪我はありませぬか」

「大丈夫、ご心配なく」

伊織は、町の者に駕籠を頼むと、勝正の家来に声をかけた。

「咎人を、お願いできますか」

怪我をしているが浅手の二人は、伊織に敬意を払った様子で応じている。

「駕籠が来たぜ」

町の男が言い、琴乃の前に駕籠が下ろされた。

「お送りします」

伊織が手を差し出した。

微笑んでうなずいた琴乃は、痛めた足をかばって移動すると、駕籠に乗った。


遠ざかる伊織と駕籠を見送る町の連中は、褒めたたえる声をかけている。

その中で、一人の町人がぱっと明るい顔をして、伊織を指差した。

「思い出した。あの剣士は、昌福寺の試合で勝ち残った初音道場の息子だ」

「どうりで強いはずだ」

「へえ、たまげたね」

感心する町の連中を横目に、面長で中高の男が伊織を見ている。吉井大善に辛酸をなめさせ、琴乃を攫わせた張本人の、澤山善次郎（さわやまぜんじろう）だ。

その澤山の横に、不精髭を伸ばした勇ましげな男が並んだ。

「あの小僧は、この岩隈龍前が斬る」

澤山が微笑んだ。

「それはもったいない」

「なんだと！」

「そう怒るな。あの戦いぶりを見ただろう。あれは、鍛えればまだまだ強くなるぞ」

岩隈は右の眉を上げて驚いた。

「貴様まさか、あの小僧が気に入ったのか」

澤山は真顔で答える。

「あれは間違いなく、良い剣士になるはずだ」

岩隈が片笑む。

「おぬしの悪い癖が出たな。小僧を仲間にして刺客にする腹か」

「幕府側の者でなければの話だ」

「帯刀の娘を助けたのだ。仲間になるとは思えぬぞ」

「拒めば、今のうちにこの手で、芽を摘み取るまでよ」

澤山はそう言うと、仲間に縄をかけて連行しようとしていた勝正の家来たちのところへ走り、一太刀で斬殺して走り去った。

町が騒然となる中、仲間たちも逃げていくのを見守った岩隈は、

「相変わらず、見事な腕だ」

後ろ首をなでながらそう言うと、町の者たちをどかせて、別の路地へ入った。

十一

一晩中琴乃を捜していた帯刀は、夜が明けてしまったことで家来たちにまかせ、役目を優先して評定所へ向かっていたのだが、その途中で、父母の様子を見に隠居屋敷へ立ち寄った。

帯刀が昨日、夜風は身体に悪いため外に出ぬよう言っていたにもかかわらず、松哲と益子は、表門ではなく、琴乃がいつも使っている裏門の前に出ていた。

年老いた夫婦は、孫娘が必ず戻ると信じて、明け方からこうして待っていたのだ。

「父上、母上、お身体に障りますからお入りください」

帯刀がそう声をかけると、松哲が険しい顔で歩み寄り、つかみかからんばかりに言う。

「どうであった。琴乃を連れて戻ったのであろうな」

帯刀は目を伏せ、首を横に振る。

「まだ見つかりませぬが、夕方までには必ず取り返してみせます」

「どこにおるのかも分からぬのに、どうやって助けるというのだ」

「侍どもが駕籠を担いで急ぐ姿を見たと聞き、家来どもが、内藤新宿（ないとうしんじゅく）まで足を延ばしております」

「琴乃！」

二人の話を聞きながら路地を見ていた益子が声をあげた。

松哲が見ると、琴乃が立っていた。

益子と美津が泣きながら歩いてゆくと、琴乃はこちらに向かいはじめたのだが、右足を引きずっている。

帯刀が益子と美津を追い越して駆け付け、娘を支えた。

「父上……」

「足の他に、どこが痛い」

「大丈夫です」

「琴乃！」

益子が来て、琴乃を抱きしめた。

美津が痛々しい姿を見て涙を流し、地べたにひれ伏した。

「お嬢様、お助けできず申しわけありませぬ」

琴乃は痛む足でそばに行き、手を取って頭を上げさせた。

「美津があの者たちに敵うはずもないのですから、いいのです」

そんな琴乃の横で、松哲が腰を抜かしたように尻餅をついた。

「わしは、寿命が縮まったぞ。よう戻った。よう戻ったのう琴乃」

顔を歪めて涙声で喜ぶ松哲は、帯刀に腕を引かれて立ち、琴乃の手を取った。

鬢を乱し、着物と足袋を土に汚して右足に手拭いを巻いている姿を見た益子が、恐ろしい目に遭ったのだろうと案じて涙を流した。

帯刀は人目を気にして、父母と琴乃を連れて裏門から入った。

　母屋の縁側に琴乃を座らせた帯刀は、改めて問う。

「どうやって逃げたのだ」

「隙を見て、逃げました」

　歯切れ悪く答えてうつむく琴乃に、帯刀は、自分が恨まれたせいで危ない目に遭わせてしまったと意気消沈するも、毅然と告げた。

「賊を捕らえるまで、番町の屋敷でゆっくり休みなさい。守りを固めておるゆえ、何者にも手出しさせぬ」

「いいえ、ここにおります」

　帯刀は、強情な娘だと言って顔を見た。

　琴乃は目を合わせようとせず、松哲の手をにぎって、疲れた様子で身を寄せている。

　美津が薬箱を手に戻り、琴乃の右足の手拭いを取った。

　傷を見た益子が驚いた。

「こんなに腫れて……」

「森を逃げている時、何かで少し切りました」

「右足を引きずっていたじゃないの」

「足首を少しひねっただけですから、大丈夫です」

「でも、まともに歩けないのに、どうやって悪人から逃げたのです」

琴乃はそう言われて、困惑の色を浮かべたものの、立って見せようとしたので松哲が止めた。

「気が張っておれば、不思議と痛みを感じぬものじゃ。治るものも治らぬようになるから、無理をしてはならぬ」

腫れた足を見てそう言った松哲が、帯刀に顔を向けた。

隠居する前によく見ていた父の厳しい表情に、帯刀はお叱りを覚悟した。

「帯刀」

「はい」

「本宅へ戻れと言うが、逃げ隠れさせる前に、禍根を断て。何をぼやぼやしておる」

「はは」

元よりそのつもりの帯刀は、琴乃に問う。

「閉じ込められた家の場所を覚えておるか」

「はい。諏訪谷(すわや)村に小高い森がございます。その麓にある、厩(うまや)付きの農家です」

「諏訪谷村じゃと……」

不確かな情報に踊らされて別の場所を捜していた帯刀は、不思議に思った。

「そのような場所に行ったこともないはずだが、何ゆえ村の名まで知っておる」

琴乃は一瞬だが、目を泳がせて答えた。

「拐かした者たちが話しているのを、聞きました」

「そうか」

帯刀は娘の言葉を信じて、ただちに賊を捕らえに向かった。


手勢を率いて諏訪谷村に入ると、確かに琴乃が言ったとおり、こんもりとした森の台地があった。

帯刀が物見を走らせたところ、それらしき農家が一軒だけあるという。

見張りも立っておらぬと聞いた帯刀は、

「一人も逃さず捕らえよ！」

家来たちに厳命して農家を囲み、一気に攻めた。

だが、人がいた痕跡はあれども、もぬけの殻だった。

「ええい、一足遅かったか」

苛立ちの声を吐き捨てた帯刀は、藤四郎に命じる。

「ここにおった者たちを知る者が、来る途中の町におるはずじゃ。急ぎ聞き込みをいたせ」

「はは」

藤四郎は手の者を数名選んで、町へ走った。

帯刀は、他の家来に家を徹底して調べさせ、何者かを探ろうとしたのだが、見つかったのは密書を包んでいたと思われる紙だけで、肝心の中身は、囲炉裏で焼かれた痕跡があった。

「我らも町へまいるぞ」

そう言って向かい、町に入ったところで、藤四郎が走ってきた。

「何か分かったか」

「思わぬことが……」

　戸惑った様子の藤四郎に、帯刀は渋い顔をした。

「なんだ。はっきり申せ」

「お嬢様を助けたのは、初音伊織です」

　帯刀は耳を疑った。

「間違いないのか」

「はい。町の者たちは、初音伊織が五人の賊を相手に見事に戦ったと、賞賛の声を揃えます」

「臼井がまるで歯が立たぬほどの賊を、一人で倒したと申すか」

「そのようです」

「馬鹿な……」

　驚きを隠せない帯刀は問う。

「倒された賊はどこにおる。町役人は、捕らえたのであろう」

「それが、伊織はお嬢様を逃がすのを優先し、賊のことは、居合わせた勝正殿の家来にまかせたそうです。ところがお嬢様と伊織が去ったあと、賊の仲間が現れて勝正殿の家来を一太刀で斬殺し、逃げたそうです」

帯刀は絶句した。

「間違いないのか」

藤四郎はうなずいた。

「町役人が、二人の亡骸(なきがら)を榊原家に届けに行っているそうです」

「なんたることだ」

琴乃を捜していたであろう榊原の家来たちを想い、帯刀は胸が痛んだ。同時に、改めて伊織の強さを知った帯刀は、さすがは十太夫の倅よ、と胸の中で呟き、不機嫌になった。

そんな帯刀の表情から心中を読み取ったであろう藤四郎が言う。

「賊が逃げておりますから、やはりお嬢様を屋敷で守られたほうがよろしいかと」

ある思いが浮かんでいた帯刀は、首を横に振る。

「いや、琴乃はこれまでどおりに暮らさせる」

藤四郎は不安そうな顔をした。

「よろしいので」

「よい。裏で手引きする者がおるはずゆえ、その者を暴いてくれる。戻るぞ」

帯刀の考えていることが分からぬ藤四郎は、引き上げるあるじに遅れまいと、走ってあとに続いた。

# 第二章　秘密

## 一

江戸はもう五日も雨が降り続いている。

初音伊織は自宅の縁側に佇み、鉛色の空を見上げていた。

琴乃を助け、隠居屋敷の近くで別れたのがつい昨日のことのように感じられる。

あの日から一度も会っていない琴乃のことが、何をしていても頭に浮かぶ。

父親同士が不仲ゆえに、琴乃とはもう会えぬと己に言い聞かせてあきらめようとしても、足の怪我のことや、拐かされた恐怖がこころの傷になっておらぬか心配でたまらない。

昨日、父の咳の薬をもらいに寛斎の家に行っても、琴乃は来ていなかった。

寛斎に問うも、はぐらかしたような言い回しで、しばらく休んでいるという。

「伊織様」

声に顔を向けると、磨き抜かれた光沢が美しい廊下の曲がり角から、紺の着物に薄緑の帯を合わせた佐江が歩いてきた。手には茶菓を載せた折敷を持っている。

「今日は肌寒いですから、生姜湯を作りました。先生と一京さんは道場で召し上がるそうですから、わたしと一緒にいただきましょう」

佐江はそう言って縁側に正座し、折敷を差し出した。

伊織は湯呑み茶碗をつかんで、一口すすった。

「どうですか」

顔を覗き込む佐江に、伊織はうなずく。

「旨い」

「良かった」

佐江は目を細めて、菓子を手に取って食べようとしたのだが、ふと思い出したように伊織に向く。

「先生と一京さんは、険しい顔をして話し込んでいらっしゃるようですけど、わたしが行くと、口を閉ざされました」

「おそらく、十日前におこなわれた御前試合のことだ。佐江に聞かれるとわたしの耳に入るから、気を遣われたのだろうな」

琴乃を想うあまり、このところ笑えなくなっていた伊織の心情を知る由もない十太夫と一京は、御前試合に出られない苦しみで気が塞いでいるのだと勘違いしているに違いなかった。

それは佐江も同じらしく、伊織の言葉にどう返せばいいか迷った顔をしている。

伊織は真顔で言う。

「とはいえ、結果も教えてもらえないのは……」

「違うのです」

神妙な面持ちになった佐江は、声音を下げた。

「聞こえてしまったので伊織様にはお教えします。先日、真友堂の幸兵衛さんが来られたでしょう」

咳(せき)が出た佐江は、湯呑み茶碗を手に取った。

伊織は胸騒ぎがした。

琴乃の乳母である美津に助けを求められたことは口止めしていたが、幸兵衛のことだ、伊織がいないところで話したのではないか。

しかし父の気性だ。あの時知れば、黙ってはいないはず。

考えをめぐらす伊織に、生姜湯を含んで喉を潤した佐江は続ける。

「先生は大切な刀を三振りも手放されたのですが、後悔してらっしゃるようなのです」

なんだそんなことかと、伊織は安堵したが、顔に出ぬよう気を付けて言う。

「もう剣術をあきらめたのではないのか」

「そこですよ。一京さんに、二人きりで相手をするようおっしゃっていました」

伊織は驚いた。

「あの足で無理をすれば、膝が壊れて立てなくなると医者から言われているのに……。一京さんはなんと言った。当然断ったのだろう」

「いいえ。承知されました」

「だめだ。父上に考えなおすよう言わなければ」

行こうとした伊織の腕を佐江がつかんだ。

「落ち着いて聞いてください。激しい剣術をなさるのではなく、型をされるようです」

「まさか、一京さんに奥義を伝授するのか」

佐江は首を横に振る。

「いつか弟子の方々がお戻りになられた時のために、せめて型だけでもできるようになりたいと、おっしゃっていました。これは、良いことだと思いませんか」

確かに佐江の言うとおりだと思った。愛刀を手放したのを機に、十太夫の中でどのような心境の変化が起きたのか想像もできないが、型ができるようになれば、見て学ぶことができる。

そう考えると胸が弾んだ伊織であったが、そのいっぽうで、母が寛斎に託した手紙の内容が頭に浮かんだ。

「伊織様、嬉しくないのですか」

心中を覗き込むように見てきた佐江に、伊織は真顔で答える。

「父上は、母上の気持ちを考えられて、わたしを道場から遠ざけようとされているのだろうか」

「え?」

心配そうな顔をする佐江の前に正座しなおした伊織は、目を見て問う。

「母上が亡くなる前、わたしのことを書いた手紙を寛斎先生に渡されたのを佐江は知らないのか」

佐江は目を泳がせた。

「知っていたのだな」

じっと見つめると、佐江は背中を丸めて答える。

「寛斎先生が伊織様に話されるまで黙っているよう、奥様から言いつけられておりました」

「やはりそうか。父上もご存じなのか」

佐江は首を横に振った。

「分かりませぬ」

伊織はうなずいた。

「父上は何もおっしゃらないが、母上の気持ちをご存じのはずだ。御前試合が終わった今、わたしに剣術をさせる意味がないと思われ、ふたたび刀を取ろうとされたのではないだろうか。寛斎先生も、跡継ぎは兄がいるのだから、それまで一京さんに道場をまかせておけとおっしゃった」

佐江が伊織の目を見て問う。

「確かにお母上は、伊織様の将来を案じておられました。今の世は物騒になるばかりですから、道場の息子としてこの家を出られた時のことが心配だったのです。先生も、同じお考えではないでしょうか」

琴乃の家柄を知った今となっては、寛斎の弟子になるのは難しいのだ。そう言いたい気持ちを、伊織はぐっと抑えた。

「わたしに医者は無理だ。父上にそう申し上げてくる」

甘い生姜湯をご馳走さまと言って道場に向かった。庭を見れば、いつの間にか雨が上がり、雲の切れ間から陽光が射し込んでいた。

道場の戸口に立つと、十太夫が一京と向き合い、木刀を構えていた。

右の膝が曲がり、まともに歩けない身体では、型をするのも難しいはずだと思った伊織は、止めるべく道場に入ろうとした。

「そこで見ておれ」

十太夫はこちらを見もせず厳しく告げ、一京に打ち込むよう命じた。

「いざ」

　一京は気合をかけ、木刀を振り上げて打ち込んだ。

　鋭い太刀筋を、以前の十太夫ならばものともしなかった。だが今は、右足が思うように動かぬ。

　木刀で受け流したものの、姿勢を崩して倒れてしまった。かばおうとして肘を強打したので伊織は慌てた。

「父上、おやめください」

「黙れ！」

　十太夫は、手を差し伸べた一京の力を借りて立ち上がり、ふたたび木刀を構え、伊織に言う。

「この道場は、わしと一京が守る。お前は、剣を捨てよ」

「父上、どうして今さら……」

「今さらではない。今だから申しつけておる。御前試合はもう終わったのだ。智将は来年には戻ってこよう。もはや、この道場にお前はいらぬ」

　厳しい口調に、一京は案じる面持ちで伊織を見てきた。

　伊織は、やはり幸兵衛が琴乃のことを言ったに違いないと思ったのだが、父の思いは違っていた。

「お前は、菫の気持ちを大事にしろ」

そう言われて、伊織は胸が苦しくなった。

「わたしに医者はできませぬ」

「それでも寛斎先生の弟子になれ。もはや、ここにお前の居場所はない。一京、まいれ」

木刀を正眼に構える十太夫に対し、一京は手加減なしに打ち込んだ。今度は受け止めたものの、左足のみでは一京の圧に耐えられず、飛ばされて倒れた。

一京は片膝をつく。

「先生、もうおやめください」

十太夫は無言で立ち上がり、三度木刀を構えた。

一度言い出せば聞かぬ父だ。

兄が戻るまでと思い励んでいた伊織は、道場を守れぬ悔しさに唇を嚙みしめた。

そんな伊織に、十太夫が言う。

「門人がおらぬ道場を守ろうと気負う必要はない。寛斎先生のところへ行け」

伊織は頭を下げ、自室に戻ろうとした。

「ごめんください！」

外で大声がしたので戸口に向くと、知った顔の男が坊主頭を下げた。円満寺の下男だ。

「伊織様、和尚様がご足労願いたいそうです」

雲慶のことだ。将棋の相手をさせる気だろう。

今はその気になれぬ伊織は断ろうとしたのだが、

「伊織、せっかくの誘いだ。行くがよい」

十太夫がそう言ってきた。

道場に居場所がない気がした伊織は、下男に言う。

「支度をして行きますから、先に帰っていてください」

下男はふたたび坊主頭を下げて応じ、小走りで去った。

自室に戻り、紺の無紋の羽織を着けた伊織は、衣桁に掛けていた首巻を取ろうとして、やめた。

二

「お嬢様、石段にお気を付けください」

美津に手を差し伸べられて言われ、琴乃は微笑んだ。

「足はもう大丈夫です」

眉尻を下げた美津は、不安そうな顔で通りを見回した。

「美津、人が多い道を選んでいるのですから、曲者は来ませぬ」

「寛斎先生が、決して油断してはならぬとおっしゃいましたから」

琴乃は道を振り向いた。通りまで見送ってくれた寛斎がまだいたので、頭を下げると、寛斎は軽く手を上げ、早う帰れという仕草をしてみせた。

琴乃は美津を促して足早に道の角を曲がり、言いつけどおり、人の後ろを付いて歩きはじめた。

美津は琴乃の腕に手を回して寄り添ってきた。離さぬよう腕に力を込めて言う。

「殿が寛斎先生のところへ通うのをお許しくださったのは良いですが、不安でたまりませぬ。急ぎましょう」

　美津の気持ちを考えて足を速めていた琴乃は、前を歩く町の男たちの先にある後ろ姿が伊織のような気がして、小走りで男たちを追い越した。

　円満寺の山門に入ったのを見届けた琴乃は確信した。

　腕を引かれてつんのめりそうになった美津が、琴乃を見てきた。

「お嬢様、急にいかがなされたのです」

　琴乃は答えず円満寺の山門を入り、紺の羽織と袴の後ろ姿に声をかけた。

「伊織殿」

　足を止めて振り向いたのは、思ったとおり伊織だった。

　隠居屋敷の近くで別れたあの日から、伊織のことばかり考えるようになっていた琴乃は、胸がいっぱいになった。

　駆け寄ってくれた伊織は、驚いた顔をして言う。

「足の怪我はもう良いのですか」

「痛みもなく、歩けます」

「それは何より」

優しい目をした伊織は、周囲を気にした。

「二人だけですか」

「はい」

「では、琴乃殿を拐かした者は捕らえられたのですか」

琴乃は首を横に振った。

「油断はいけませぬ」

不安そうな伊織を見て、琴乃は申しわけない気持ちになった。

美津が言う。

「殿が、不埒者を捕らえるために人を回されておられるため警固の者を付けられないのです。ですがご安心ください。人が少ない道を歩かないようにしてございますから」

伊織は美津にうなずき、琴乃を見た。

「寛斎先生のところで学ばれたのですか」

「はい」

「では、お送りしましょう」

美津は恐縮して断ったが、琴乃は嬉しくて、思い切った。

「よろしければ、赤城明神にまいりませぬか」

伊織は驚いた顔をしたが、すぐに応じた。

「行きましょう」

「お嬢様、真っ直ぐ帰る約束です」

「お爺様には内緒で」

琴乃は、困った顔をしながらも従う美津を連れて、伊織の後ろに続いて寺から出たのだが、はっとして声をかけた。

「伊織殿、お寺に用がおありだったのでは……」

「和尚の暇潰しに付き合わされるだけですから、こちらのほうがだいじです」

やっと伊織の笑顔が見られて嬉しくなった琴乃は、やはり伊織を慕う気持ちは間違いではないと思うのだった。

人がめったに来ない境内の片すみで、牛込水道町(すいどうちょう)あたりの町を眺めながら、琴乃は伊織と語り合った。

このひと時が夢のようであるのだが、伊織の横顔がどこか憂いを含んでいるように見え、不安になった。父親同士が不仲ゆえではないかと感じたのだ。

やはり、許されぬことなのだと思うと、気持ちが底なし沼に沈んでゆくようで、辛くなる。

「父は、何ゆえ人から恨まれているのでしょうか」

伊織の気持ちが知りたくて出た言葉だが、すぐに後悔した。

伊織は琴乃に顔を向けた。

目が合わせられない琴乃は、うつむいた。

「ごめんなさい」

「琴乃殿があやまることではありません。お父上は、この世を乱そうとする者と戦われておられるのでしょうから、ぶつかるのは避けられないでしょう。しかしながら、琴乃殿を巻き込んだ非道の輩は、許せませぬ」

本音は、伊織の父親と帯刀が仲直りできないか訊きたかったのだが、嫌われてしまうのが怖くて、意に反した言葉が出ていた。

それでも、伊織の言葉は、琴乃の胸に響いた。拐かした者たちに対して本気で立腹しているのが分かったからだ。

「お嬢様、そろそろ」

離れた場所で人が来ぬよう見張っていた美津が、不安げに声をかけてきた。

伊織が琴乃に言う。

「近くまで送ります」

隠居屋敷の周囲は人が少ないため、琴乃は正直不安だっただけに、伊織の気持ちが嬉しかった。逃げる時の、伊織の力強さを忘れぬ琴乃は、目を見つめた。

穏やかな眼差しが、あの恐ろしい記憶を忘れさせてくれるのだ。

ずっと二人でいられれば、どんなに良いか。

そんな気持ちが芽生えた琴乃は、顔が熱くなり目をそらした。

「行きましょう」

そっと背中に手を添えられて、琴乃は胸がときめくのだった。

伊織は琴乃のために人目をはばかり、離れて守りながら、隠居屋敷が見えるところまで送ってくれた。

美津が振り向いて頭を下げ、琴乃を表門に促す。

「今日は、ありがとうございました」

琴乃が礼を述べると、伊織が声をかけた。

「次はいつですか」

なんのことか理解できずきょとんとしていると、伊織が微笑んだ。

「寛斎先生の許に学びに行くのは、いつですか」

琴乃も微笑んだ。

「三日後です」

「では三日後に、迎えに来ます」

思わぬ嬉しい言葉に、琴乃は瞠目(どうもく)した。

「よろしいのですか」

「もちろん。ここで待っています」

伊織は笑顔でそう言うと、走り去った。

颯爽(さっそう)とした後ろ姿が見えなくなるまでその場に佇んでいた琴乃に、美津が歩み寄り、下から顔を覗き込んできた。

「お嬢様、美津は何があってもお嬢様の味方でございますが、ご身分をお忘れなく」

もはや、美津の声が耳に届かぬ琴乃の胸の中は、伊織のことで満たされているのだった。

三

「ほーう」

雲慶は薄目になり、黙り込んだ。

伊織が指した将棋の駒を見ているのか、琴乃の話をした伊織の表情を確かめているのか、瞼の奥にある眼差しの向く先を知ることはできぬ。

十太夫と帯刀の不仲を知っている雲慶は、今の話を聞いてなんと言うか。伊織は待ち続けた。沈黙が、やけに長く感じられる。

「伊織」

「はい」

「待て」

金将を取ったのが気に入らないのだと理解した伊織は、駒を戻すため手を伸ばした。

「勘違いをいたすな。勝負のことではのうて、松平家の姫御に近づくなと言うておるのじゃ。十太夫殿の気持ちも考えよ」

琴乃たちと山門から出る姿を見ていた雲慶から、どこに行ったのか問い詰められても、やはり話すべきではなかったと、伊織は落胆した。

「わしに言われて、どう思うた」

問われて、伊織は正直に答えた。

「このあたりが、苦しいです」

胸をさする伊織を見て、雲慶が眉間の皺を深くした。

「それは、ようないの。されど、いくら想うても叶わぬことぞ」

「分かっています。ですが、放ってはおけませぬ。せめて、拐かした者が捕らえられるまでは、そばで守りとうございます」

「厄介じゃのう。危ないというのに、何ゆえ出歩くのか。その姫御は、とんだじゃじゃ馬よ。屋敷で大人しゅうできぬのか」

「寛斎先生のところへは、心ノ臓が弱い祖父のために、薬を作りに行っていると申しておりました」

雲慶は坊主頭を軽くたたき、深い息を吐いた。

「そう言われては、わしも止められぬのう。仕方ない、お前の頼みを聞いてやろう。出かけるのは、わしの将棋の相手をするためじゃと、口裏を合わせればよいのじゃな」

「ご迷惑をおかけします」

「じゃが、ただというわけにはいかんな」

「なんなりと、お申し付けください」

「では、一手下げよ」

手を差し出されて、伊織は取っていた金将の駒を返し、歩の駒を元の位置に戻した。

別の一手を指した雲慶が、三日後に下男を道場へ行かせると約束し、自分の手に満足そうな顔をしている。

伊織は、この日はわざと負けておくことにした。

そして三日後、約束どおり迎えに来た下男と共に道場を出た伊織は、寺の前で下男に礼を言い、琴乃を迎えに行った。

表門を遠目に見つつ待っていると、脇門から琴乃が出てきた。

朝から汗ばむ陽気になっていたため、琴乃の装いは青を基調とした色合いで目にも涼しい。

伊織を見つけた琴乃は、周囲を気にする美津と共に真っ直ぐ歩いてきた。

明るくて美しい琴乃を見ると、伊織も自然に笑みがこぼれそうになる。だらしない顔になるとみっともないので、真顔で軽く会釈をしてみせる。

「行きましょう」

「はい」

琴乃の笑顔が、伊織には眩しすぎるほどだ。

言葉を交わすのはここだけで、通りを歩く時はあいだを保った。

前を歩く琴乃に近づく者がいれば、伊織は気が張り、その男に向ける眼差しが厳しくなる。だが、怪しい者ではなく、琴乃を見もせず通り過ぎていった。

帯刀の耳に入れれば、琴乃の自由が奪われると思う伊織は、寛斎宅に上がらず、一刻ほど雲慶のところで暇を潰し、帰る頃になると迎えに行った。

そして、ふたたび赤城明神に立ち寄り、静かな場所で二人になると、少しのあいだ語り合うのだった。

雲慶が言ったように、叶わぬことと分かっていても、琴乃を想う気持ちを抑えることはできなかった。

拐かされたと聞いた時の恐怖は、今は熱い想いに変わっている。

水道町の景色を眺めている琴乃の横顔を見ているだけで、伊織はこころが落ち着くのだった。

琴乃がこちらを向いた。

美しい姫に、伊織は己の気持ちを正直に打ち明けようとしても、十太夫のことが邪魔をして、声に出せぬ。

目を伏せる伊織に、琴乃もまた、表情に影を落とすのだった。

先日に続いて、美津が頃合いを見て声をかけてきた。

応じた琴乃は、伊織に笑顔で言う。

「今日は、ここで」

頭を下げて行こうとする琴乃の手を、伊織はつかんだ。

「送ります」

そう言った時、温かい手にそっと力が込められた。

目を合わせた二人は、そのまま見つめ合う。

背中を向けた美津が咳ばらいをするのに応じて、二人は微笑んで離れ、伊織は琴乃に先を促した。

隠居屋敷の近くまで気を抜くことなく送り届けた伊織は、また三日後の約束をして、琴乃が門内に入ると、きびすを返して家路についた。

伊織の目に映る景色は明るく、胸が躍る。ふたたび会える三日後が、今からやけに長く感じる。

途中で円満寺へ寄り、雲慶が暮らす庫裏へと足を運んだ。

迎えてくれた雲慶と向き合って正座し、両手をついて頭を下げた。

「和尚様、ありがとうございます。おかげさまで、今日も何ごともありませんでした。三日後もお願いできますか」

　雲慶は、ため息をついた。

「わしは、お前が可愛い。想いが叶わぬ人のために骨を折るのかと思うと、哀れでかなわぬわい」

　伊織は真顔を上げた。

「可愛いと思うてくださるなら、何とぞお願い申します」

「こ奴……」

　ぬけぬけと、という面持ちで、またため息をついた。

「まあ、人助けに変わりはないのじゃから、徳を積ませると思うて手を貸そう。じゃが、これ以上深入りは禁物じゃぞ。手なぞ、にぎってはおるまいな」

　伊織は顔が熱くなるのを覚えたが、悟られぬよう平然を装った。

「和尚様と一緒にしないでください」

「わっはっは。こりゃ一本取られたわい」

　言いながら笑みを消した雲慶が、顔を寄せてきた。

「相手は、井伊大老の側近と言えるほどの旗本じゃ。決して、侮るでないぞ。周りには常に、気を配れ」

「心得ました。では、三日後に」

「なんじゃ、もう帰るのか。茶ぐらい飲んで行け」

「寛斎先生に父の薬をいただきにまいりますので」

「そうか。では、気を付けて帰りなさい」

伊織は頭を下げ、寛斎の家に急いだ。


「十太夫殿の具合はどうじゃ」

そう訊きながら、咳に効く薬と、血の流れを良くする薬を出してくれた寛斎に、伊織は隠さず話すことにした。

「先日から、木刀を取って剣術の稽古をされております」

寛斎は頬をぴくりとさせ、険しい目を向けてきた。

「して、どうなのじゃ。動けておるのか」

伊織は首を横に振った。

「見ているほうが、辛くなります」

「あきらめておったはずじゃが、何ゆえ気が変わった」

「わたしに剣術をさせぬためです」

「なるほど。十太夫殿は、菫殿の手紙のことを知っておるのか」

「はっきりとは聞いておりませぬが、知っているような口ぶりでした」

　寛斎は伊織の目を見た。厳しい眼差しだ。

「して、お前の気持ちはどうなのじゃ。弟子になるか」

「琴乃殿と共に学ぶことはできませぬゆえ、お断りいたします」

「なんじゃ、そのような理由で断るでない」

「しかし、それでは琴乃殿が通えなくなります」

「琴乃は三日に一度じゃ。その日を外せばよかろう」

　決めかねて下を向く伊織に、寛斎は問う。

「やはり、十太夫殿の血が濃いようじゃの。剣を捨てるには忍びないか」

「先生の弟子になる話は唐突でございましたゆえ、わたしにできるか、不安なのです」

「無理もない。じゃがわしも、丁度お前の年頃にこの足を悪くして薬師の道に向いたのじゃ。志でいえば、自ら望んで学びはじめた琴乃のほうが、わしよりよほど立派であろう」

薄い笑みを浮かべてそう言う寛斎は、学んだことが人のためになれば、大きな生き甲斐になるとも言った。

伊織は、改めて寛斎の部屋を見た。

医術や薬学の書物が所狭しと置かれ、中には西洋医学のものと思われる書物もある。

自分に、できようか。

迷いを消せずにいると、寛斎が口を開いた。

「答えを焦ることはない。その気になったら、いつでも言いなさい」

伊織は頭を下げた。

「ご厚意、おそれいりまする」

「水臭い物言いをいたすな。気負わず、楽に構えよ」

「はい」

薬の礼を言い、伊織は家路についた。

三日後、寛斎の家から帰る琴乃を迎えた伊織は、赤城明神に行き、いつもの場所で語り合った。

雨上がりに日が射し、家々の屋根が輝いている。

会話の中で、琴乃が伊織と会う日を楽しみにしてくれているのが分かった。

それだけで、剣を捨て、共に薬学の道を歩むのも悪くないのではないかと思えてくる。いくら想っても叶わぬ宿命でも、薬学で通じ、共に人のために生きる道もあるのではないか。

強い志を持っている琴乃を、遠くからでも見ていたい。

そう思い、寛斎の弟子になる話を伝えたくなり、会話が切れたところで、琴乃の目を見た。

「今思っていることがあるのですが……」

琴乃が訊こうとした時、美津が声をかけてきた。

「人が来ます」

外聞を気にする美津は、焦った様子だ。

伊織は琴乃の手を引いて、本殿の裏手に身を隠した。琴乃を狙う者かと気を張ったが、男たちの明るい笑い声がして、見晴らしが良い景色を楽しんでいるようだ。長く留まることはなく、程なく静かになった。

安堵して離れようとした伊織だったが、琴乃は手を離さない。

「先ほどは、何をおっしゃろうとしたのですか」

間近で見る琴乃の目は、澄んだ美しい光を宿している。

美津が来る気配があったので、二人は離れた。

「またにしましょう」

そう言うと、琴乃は気にしたような目をしたものの、それは一瞬で、笑顔でうなずいた。

隠居屋敷に送り届けた伊織は、琴乃が門内に入るまで見届け、家路についた。

その様子を、物陰から見ている者がいた。

帰る伊織に嫉妬の眼差しを向けているのは、榊原勝正だ。

勝正は伊織が見えなくなると物陰から出て、速い足取りで去っていった。

## 四

今日作ったばかりの薬を煎じた琴乃は、祖父母の部屋に持って行った。

松哲は、上着を脱いで単衣に着替え、扇子を手にしていた。

「お爺様、庭仕事をされたのですか」

琴乃が聞きながら座敷に入ると、松哲より先に益子が答えた。

「今日は夏のような陽気でしたから、何もせずとも汗ばんでおられるのです」

「それで薄着を……」

琴乃は折敷を置き、松哲の脈を診た。

「速いですね。胸が苦しいですか」

案じて問うと、松哲は荒い鼻息を吐いた。

「勝正が来ておったからであろう」

「お前様、またそのようなことを」

諫める益子に、松哲は不機嫌に言う。

「琴乃はわしのために出かけておるというのに、遊びたいのではないかと言いおるのだ。孫娘を蔑まれて、怒らずにいられるか」

動揺した琴乃は、祖父母に気づかれぬよう笑ってみせたものの、うまく笑顔が作れているか分からない。

「勝正殿は、ありもしないことを述べてお爺様をからかっておられるのでしょう。そのように憤慨されては身体に毒ですから、気にしないでください。大きく息を吸って」

松哲は素直に息を吸い込んだ。

「ゆっくり吐きましょう」

目をつむって琴乃に従う松哲を見て、益子が声を殺して笑っている。

琴乃は脈が落ち着くまで繰り返させたあとで、薬を入れた器を手渡した。

一息に飲んだ松哲は、苦そうな顔をする。

「わしは、琴乃のおかげで長生きができそうじゃ。勝正の妄言に付き合うのはよすといたそう。それよりも琴乃、今日はどうであった。曲者の影はなかったか」

出かけて帰ると必ず確かめる松哲に、琴乃は笑顔で答える。

「お爺様の言いつけどおり、人が多い場所を歩いていますから大丈夫です」

伊織のことを言えぬ辛さよりも、会える喜びが勝っているため、琴乃の表情に翳(かげ)りはない。

松哲は安心したように微笑んでうなずき、口なおしのための落雁(らくがん)をひょいと口に投げ込んだ。


いっぽう、神楽坂をくだった勝正は、その足で帯刀を訪ねていた。

またしても、伊織と琴乃のことを耳に入れたのだ。

「逢い引きとは、無礼なことを申すな」

不機嫌になった帯刀だが、勝正はまったく引く様子はない。

「しかしながら、世間はそのように見るのではないでしょうか。妙な噂が広まれば、傷が付くのは琴乃殿です。ここは、本宅にお戻しになられたほうがよろしいかと」

「琴乃は戻さぬ」

勝正は目を見開いた。

「何ゆえです。拐かした者もまだ捕らえていないのですから、外を歩かせるのは危ないとは思われないのですか」

「その賊を捕らえるために、戻さぬと言うておるのじゃ」

勝正は戸惑った顔をした。

「まさか、琴乃殿を囮にされているのですか」

「そうではない。初音伊織の腹黒さを暴くためじゃ」

「え？」

勝正は混乱した面持ちをしている。

帯刀は立ち上がって広縁に出ると、きびすを転じて疑わしそうな目を向けている勝正に振り向いて告げる。

「琴乃を拐かした者どもは、いずれも剣の腕が立つ。にもかかわらず、初音の倅が一人で倒したのは、話ができすぎだとは思わぬか」

勝正は驚いた顔をしたが、すぐさま、表情を険しくして言う。

「琴乃殿の気を引くために、悪辣な真似をしたとお思いですか」

「それはいずれ分かる。ゆえに、そなたは今後一切手を引け」

「しかし……」

「分からぬか。邪魔をするなと申しておるのじゃ」

厳しい声に、勝正は引き下がった。

「承知しました」

頭を下げて帰る勝正を広縁で見送った帯刀は、部屋に戻って茵に正座し、腕組みをして目を閉じた。

帯刀は、初音家を潰すために、賊と繋がる動かぬ証を手に入れようとしているのだ。

私怨がないと言えば、嘘になろう。だが、吉井と臼井を倒した者どもを相手に伊織が一人で切り抜けたのは、どうにも納得できない。

「わしを恨む者と手を組んでおるなら、潰すまでじゃ」

誰に言うともなく声に出した帯刀は、瞼を開き、鋭い眼差しを廊下に向けた。

「藤四郎はおるか」

「ここに」

返事があり、若き家老が入ってきた。

「勝正は家来を殺されて気が立っておる。邪魔をさせぬよう、目を光らせよ」

「ただちに」

「待て」

行こうとしていた藤四郎が近くに寄ると、帯刀は声音を下げて命じる。

「初音道場の見張りは抜かりなく続けよ。訪ねる者がおれば、素性を確かめるのじゃ」

「承知いたしました」

行かせた帯刀は、文机に目を向けると額に手を当て、長い息を吐いた。

文机の上には、赤城明神の境内の片すみで伊織と語り合う琴乃の様子を知らせる紙縒(こよ)りが開かれている。

愛娘の身を案じてはいるが、それよりも役目を優先する帯刀は、悩みが尽きぬのだ。

## 五

三日という時間が長く感じる伊織は、夕餉の支度をする佐江を手伝って米を研ぎながら気づけば手を止めて、物思いにふけっていた。頭に浮かぶのは、琴乃と二人きりで過ごす赤城明神での立ち姿や、景色を眺める横顔、そして、間近で見た美しい目だ。

目の前で手を振られて、伊織ははっとして顔を上げた。

佐江が含んだ笑みを浮かべている。

「さっきからお呼びしても耳に届かないようですけど、何をぼうっと考えているのです」

答えに迷った伊織は口を開こうとしたのだが、それより先に佐江が言う。

「想い人でもできましたか」

「違う！」

自分でも驚くような大声が出てしまったが、佐江は楽しそうに笑った。

「年頃ですもの、気になるおなごが一人や二人いても恥ずかしがることなどないのですよ。どこのお嬢様です？」

佐江の勘働きの鋭さを改めて思い知った伊織は、顔が熱くなるのを米研ぎで誤魔化し、頭に浮かんだまま声に出す。

「兄上のことを考えていたのだ。もうすぐ梅雨の季節になるというのに、手紙ひとつよこさないでどこにいるのか」

「ほんとうに？」

顔を覗き込む佐江に、伊織は指を弾いて水を散らした。

「冷たい」

「妙な詮索はよせよ。父上に聞こえたら誤解されるだろう」

笑った佐江は、道場にいるから大丈夫だと言い、表情を曇らせた。

「先生は、無理をなさらないほうがよいと思うのですが、わたしが言っても、聞いていただけません」

「それは誰も一緒だ。父上は本気で、剣術をされようとしている。膝は心配だが、稽古を再開されてからは、身体の調子も良さそうだとは思わないか」

「確かに、伊織様のおっしゃるとおりです。お食事の量も増えましたし」

「人には見せられないとおっしゃっていたから、門人を相手に稽古をする気はないようだが、一京さんも、嬉しそうにしている」

「では、これでいいということですね」

「そうだな」

話しながら米研ぎを終えた伊織は、竈に行こうと立ち上がった。

「若！　道場に来てください！」

一京が声を弾ませて来た。

「ついに父上がうまくできましたか」

期待する伊織に、一京はそうではないと告げる。

「若に客人です。入門を希望しています」

「え？」

想像もしていなかった伊織はきょとんとした。

「いいから早く、剣客らしい身なりにしてください」

そう言ったのは佐江だ。

伊織が抱えていた釜を奪って井戸端に置くと、着替えようと言って手を引く。

従って部屋に戻った伊織は、道着に身を包み、道場へ急いだ。

見所で不自由な右足を投げ出してあぐらをかいている十太夫が、伊織にここへ座れと命じる顔は、穏やかだ。

稽古場の下手には、商家のあるじ風の男と、白の着物に黒の袴を着けた子供が正座しており、商人のほうは、伊織のことを朗らかな顔で見ている。いっぽう子供は、じっと伊織を見ており、表情は硬い。

十太夫が示すとおりに見所の前に立った伊織は、客人と向き合って正座した。

商人が笑顔で言う。

「やっと、お目にかかれました。手前は、四谷の油問屋、山城屋久米五郎にございます」

上方のなまりがある久米五郎は、四谷は出店で、本家は京の御所の近くにあるという。歳は四十八とまで教えたうえで、隣に正座している子供を紹介した。

「これは、四男の大之進です。是非とも伊織先生に弟子入りを願いたく、まかり越しました」

先生とまで言われて、伊織は目を白黒させた。

「わたしに?」

「年はいくつじゃ」

厳しげな声で問う十太夫に対し、大之進は臆することなく凜々しい顔を向けた。

「十二でございます」

十太夫が答える。

「剣術をはじめるには、ちと遅いのう」

相手が商人だからか、十太夫はやんわり断ろうとしているようだ。

だが、親子はあきらめなかった。

久米五郎が穏やかに告げた。

「御師範、四男には、金で武家の身分を手に入れてやるつもりで、三歳から一刀流を習わせております」

「ほおう」

興味を持つ十太夫の心情を見抜いたのか、久米五郎が言う。

「大之進、先生方に見ていただきなさい」

「はは」

返事まで武家のようにする大之進は、持参していた木刀を手に立ち、正眼に構えると、気合をかけて振るった。

三歳からはじめているというだけあり、基本は出来上がっていた。

満足そうにうなずいた十太夫が言う。

「道場を移らずとも、今の師匠に鍛えてもらえばよかろう」

久米五郎が慌てた。

「倅は剣の才覚がありますから、今の師匠ではだめです。手前は、伊織先生の強さに一目惚れしまして、倅の才覚を活かせるのは、先生しかおらぬと思うてまいったのです。何とぞ、鍛えてやってくだされ」

このとおり、と言って親子で平身低頭され、伊織は十太夫を見て指示を仰いだ。

門人が増えるのは願ってもない喜びだが、師範の十太夫ではなく伊織の弟子になりたいと言われたのが、気になったのだ。

それは十太夫と一京も同じようで、一京が問う。

「昌福寺の試合をご覧になったのですか」

久米五郎は顔を上げて首を振った。

「いいえ、違います。手前は、伊織先生が悪人を倒すお姿を見て、倅を鍛えてもらうのはこのお方しかいないと思いました」

伊織は焦った。十太夫はむろん、一京にも言っていなかったからだ。

まずい、と思いつつ黙っていると、十太夫が訊いた。

「それはいつのことか」

「もう二月前になりますかな」

すると一京が言う。

「若、朝帰りをした時ですか」

十太夫の不機嫌な声が背後からする。

「あの日は、急に真友堂に泊まるというて手代が来たゆえ、珍しいと思うていたが」

伊織がなおも黙っているので、久米五郎は不安そうな顔を向けてきた。

「いらぬことを言うてしまいましたか」

十太夫が問う。

「伊織、いったい何があった」

琴乃の名を出せるはずもなく、伊織は答える。

「たまたま通りかかった時に騒ぎを聞いて、助けただけです。言うほどのことでもないと思い黙っていました」

「そうであったか。人助けをしたのなら、まあよい」

久米五郎が何か言いたそうな顔をしている。

伊織は黙っていろと目顔で止めようとしたが、伝わらなかった。

「あれはたまたまでしたか。それにしても、御旗本というのは恩知らずですね」

一京が驚いて問う。

「旗本を助けたのですか」

伊織が困り顔を向けると、一京は不思議そうな顔をした。

久米五郎が答える。

「ええそうですとも。姫君を助けられたというのに師範がご存じなかったということは、礼のひとつも言ってきてないのでしょう」

「姫君……」

一京は、はっとした顔を伊織に向けた。

伊織が目をつむっていると、後ろで十太夫が久米五郎に問うた。

「どこの旗本の娘だ」

「松平帯刀様です」

答えた久米五郎が、目を見開いた。十太夫が立ち上がり、恐ろしい形相で見所から下りたからだ。

伊織の前に立った十太夫は、鋭い目で見下ろした。

「黙っておったのは、帯刀の娘と知っておったからか」

強い口調で問われた伊織は、十太夫の目を見た。

「拐かされたと聞き、町の者の手を借りて助けに行きました」

「相手は」

「詳しくは知りませぬが、倒幕派の者かと」

「命懸けで助けたのは、帯刀の娘と仲ようしておるからか」

この期に及んで嘘は通用せぬと思った伊織は、正直に答えることにした。

「はい」

「たわけ！」

十太夫に殴られた伊織は、すぐさま居住まいを正し、お叱りを受ける態度をとった。

気が収まらぬ様子の十太夫は、見所に飾っている刀を取ろうとしたので、一京が止めた。

どけと怒鳴る十太夫の身体を離さぬ一京は、息を呑んで見ている久米五郎親子に言う。

「日を改めよ」

久米五郎は、はっと我に返って平伏する。

「お許しいただけるまで帰りません」

このような時に己の気持ちを優先する久米五郎に、一京は厳しい声で告げる。

「ならば外で待て。早く！」

久米五郎は修羅場になると思ったのか、急いで大之進を連れて道場の外へ出ていった。

十太夫は怒り心頭だ。

「伊織、分かっておるのか。御前試合への道を閉ざしたのは、帯刀に違いないのだぞ！　そのような奴の娘と仲ようするとは、とんだ大馬鹿者じゃ！」

初めて聞いた伊織は、耳を疑った。

「それはまことですか」

少しだけ落ち着きを取り戻した十太夫は、刀を取るのをやめて一京をどかせ、あぐらをかいた。思案を巡らせる面持ちで言う。

「奴のやりそうなことだと思っていたが、これではっきりした。奴は、お前と娘が仲ようしておるのを知って、士分へ取り立てられるかもしれぬ御前試合への出場を邪魔したに違いない。わしをそうさせなかったようにな」

「父上も……」

「そうじゃ。奴は、御前試合でわしに負けたのを根に持ち、仕官の口を邪魔したのだ。奴は執念深いところがある。ろくなことがないゆえ二度と関わるな。破れば敷居を跨がせぬゆえ、さよう心得よ」

伊織は動揺するあまり、返事ができなかった。

「分かったか！」

怒鳴られて我に返った伊織は、平身低頭した。

十太夫が一京に言う。

「大之進は、お前の弟子にしろ」

一京は戸惑った顔をして、伊織を見ている。

十太夫は伊織に厳しく命じた。

「伊織は道場への立ち入りを禁ずる。佐江の手伝いに戻れ」

「先生、それはあまりにも……」

一京は擁護しようとしたが、伊織が止めた。

「父のお気持ちも考えず、勝手に振舞ったわたしが悪かったのです。言いつけに従いまする」

伊織はふたたび平身低頭して詫び、佐江を手伝うため台所に下がった。

## 六

「大之進や、お帰り」

久米五郎は稽古を終えて戻った息子を満面の笑みで迎えると、手を引いて座敷に上がり、客たちがいる店の喧騒から離れた八畳間に連れて入った。

母親が、息子のために麦湯を冷ましたのとカステラを持って来て、汗ばんだ額を手拭いで拭いてやりながら、久米五郎に窘（たしな）めるような目を向ける。

「お前様ったら、帰ってきたばかりだというのに慌ててどうされたのですか」

「菊（きく）、これはね、久米五郎の上達に関わる大事な話だ」

久米五郎は息子が麦湯を飲むのをじれったく待って問う。

「道場に通いはじめて今日でひと月になるが、伊織先生は相変わらず、道場に入れてもらえないのか」

大之進は、湯呑み茶碗を置いて居住まいを正し、はいと答えた。

ちらりとカステラに目をやるのを見て、久米五郎は皿を取って渡してやった。

大之進は嬉しそうに口に運び、久米五郎が知りたがっている話をした。

「伊織先生は、水仕事を手伝う時以外は、部屋に籠もっておられます」

「まるで蟄居（ちっきょ）ではないか。これでは、お前を通わせる意味がない」

大之進は言う。

「でも父上、一京先生は伊織先生よりもお強いそうです。大先生も厳しくご指導してくださいますから、よろしいのでは」

「お前は分かっていないな。わたしはね、伊織先生の剣に惚れ込んだのだ。悪い奴らに囲まれた時の顔つき、打ちのめす時の太刀さばきは、見た者にしか分からない。今でも町で評判が絶えないのが、物語っている。部屋に閉じ込めるなんて、もったいない話だ」

関心を持って聞いていた大之進が、戸惑い気味に言う。

「伊織先生は、いつも寂しそうな顔をしておられます。一京先生に、道場で稽古ができないからでしょうかとお訊ねしたら、そうではないとおっしゃいました。何が寂しいのでしょうか」

「それはきっと、姫君のせいだな」

ぼそりとこぼした久米五郎は、いいことを思い付いた。

「明日は、大先生にあいさつをしに行こう」

大之進は明るい顔をした。

「来てくださるのですか」

「行くとも。伊織先生にはどうあっても道場に戻ってもらわないといけないから、大先生の逆鱗(げきりん)に触れた元を絶たないとな」

「お前様、何をする気です」

菊に問われて、久米五郎は大之進に聞こえぬよう、耳打ちした。

菊は驚いたが、すぐに微笑む。

「あの子も年頃ですから、お前様が惚れ込んだ相手なら、わたしも力になります」

「そう言うてくれると思うていた。伊織先生は、間違いなく好い男だ。しっかり支度を頼むぞ」

まかせて、と応じた菊は、いそいそと出ていった。

両親の秘めごとに立ち入らぬよう心得ている大之進は、まるで興味を抱かずカステラを食べている。

久米五郎はそんな四男に目を細め、ふっくらと柔らかい頬をちょんとつついた。

翌日、久米五郎は大之進の稽古を楽しみに出かけた。

初音道場がある御箪笥町（おたんすちよう）へ行くため、尾張徳川家の上屋敷を右手に見上げながら緩やかな坂道を上っていると、少し前を歩いていた大之進が振り向き、嬉しそうに戻ってきた。

「姉上、こちらに来るのは初めてだとおっしゃいましたね」

朝餉の時、確かにそう言っていた小冬は、四歳下の弟に優しい笑みを浮かべた。

「何かおもしろい場所があるのかしら」

「いいえ、だからお化粧をして、新しい着物を着たのかと思いまして」

「お母様がそうしろとおっしゃったのよ。似合ってるかしら」

大之進は鼻の穴を膨らませてうなずいた。近所で評判の、自慢の姉がおめかしして来てくれるのが嬉しいのだ。

大之進が前を向くと、小冬が久米五郎に小声で言う。

「ねえお父様、そろそろ教えてください。どうしてわたしが、剣術道場に行かなければならないのですか」

「そう言わずに、たまには弟の稽古を見てやりなさい。嬉しそうにしているだろう」

疑いの目を向ける小冬に、久米五郎はとぼけた顔をして前を向いた。

初音道場に着くと、久米五郎はさっそく、十太夫に娘を紹介した。

「大先生、これは、手前の長女でございます。これ、あいさつをなさい」

小冬は、真面目で堅苦しい面持ちをした十太夫に臆することなく、穏やかな態度で接した。

「小冬にございます。弟がお世話になっております」

十太夫は、娘を連れて来た意図が分からぬのだろう。頭を下げる小冬に応じ、久米五郎に問う顔を向けた。

すると久米五郎は、一晩寝ずに考えていた台詞を並べた。

「倅から、伊織先生が炊事洗濯をされていると聞きましたもので、少しでも手助けになればと思い、連れて来ました。小冬、伊織先生を手伝ってさしあげなさい」

小冬は驚いて顔を上げた。

十太夫が言う。

「いや、その気遣いは無用じゃ。倅には、罰を与えておるのだからな」

「まあまあ、そうおっしゃらずに。親の手前が言うのもなんですが、小冬はよう気が付く娘でして、必ずや、お役に立とうかと」

何か言おうとする十太夫だったが、久米五郎の口が勝る。

「大先生、もうひと月です。一日も早うお許しをいただかなくては、大之進が困ります。それに、手前の知り合いが何人か、伊織先生の評判を耳にして剣術を習わせたいと言うてきておりますが、道場に出てらっしゃらないのでは、連れてくることもできないのです。失礼を承知で申し上げます。お見受けしたところ、門人は倅一人だけのようですし、このままでは、道場の存続が危ういのではありませぬか」

「いら……」

いらぬ世話だと言わさぬ久米五郎が、声高に続ける。

「ご無礼を承知で事情は調べさせていただきました。お役人の横暴には手前も腹が立ちます。糞くらえでございます。あのような理不尽に負けぬためにも、手前が惚れた伊織先生の道場がこのままではいけません。必ずや門人を増やしますから、どうか、伊織先生を道場へお戻しください。このとおり」

恭しく平身低頭して頼む久米五郎の態度に、十太夫は言葉を失っている。それは小冬も同じらしく、驚いた顔をしていた。

「先生」

返答をするよう促す一京に応じた十太夫は、真顔を久米五郎に向けた。

「伊織を、そこまで見込んでくれたのは父親として礼を申す。だが、伊織にはいずれ、剣を捨てさせるつもりなのだ。これは、亡くなったあれの母親の願いでもあるゆえ、期待には応えられぬ」

考えてもいなかった久米五郎は、肩を落とした。

「もう、決められたのですか」

「いずれ、と申した」

「では、それまで稽古をお願いできませぬか」

あきらめぬ久米五郎に、十太夫は困ったような顔をした。

「何とぞ！」

声をあげたのは、小冬だった。

「父がこのように熱心に人様に頭を下げたのを、わたしは初めて見ました。どうか、お願い申し上げます」

十太夫は黙ったまま小冬を見ていたが、久米五郎に顔を向けた。

「父親のために頭を下げた小冬殿に免じて、今日から伊織を道場へ出そう。一京、呼んでまいれ」

「はは」

一京は嬉しそうに応じて、道場から出ていった。

待つこと程なく、一京に続いて来た伊織が、一礼して道場に入った。

総髪を頭の後ろで束ね、馬の尻尾のように垂らしている伊織は、上下紺の道着に身を包み、颯爽と見所に歩む。

十太夫の前に正座して頭を下げた伊織を、小冬はじっと見ている。

許された伊織は、さっそく木刀を手に大之進と向き合い、稽古をはじめた。

たっぷり一刻汗を流した大之進は、帰る途中で喉が渇いたと言い、四谷の通りにあるだんご屋に行きたいとせがんだ。

久米五郎は機嫌よく応じて、三人で中に入り、四人掛けの長床几（ながしょうぎ）に腰を落ち着けた。

甘辛いみたらしだんごを頬張る大之進を見つつ、久米五郎は小冬に問う。

「どうであった」

おはぎを楊枝で切っていた小冬が、

「久しぶりに大之進の稽古を見ましたが、ずいぶん上達しましたね」

まったく意に反した答えを返すので、久米五郎は苛立った。

「そうじゃなくて、伊織先生はどうかと訊いたんだよ」

小冬は切ったおはぎを口に含んでいたが、咀嚼をやめ、考える顔をした。お茶と共に飲み込んで言う。

「お父様から聞いて想像していたよりも……」

「よりも、なんだ」

逡巡の色を浮かべていた小冬は、うつむいた。

「弱そうです」

気に入ると期待して身を乗り出していた久米五郎は、がくっと右肩を落とした。

だが、よく見ると小冬は顔を赤らめている。

幼い頃から天邪鬼なところがある娘の横顔を見た久米五郎は、気に入ったに違いないと確信し、目を細めた。

七

小冬は、暇さえあれば大之進と一緒に初音道場へ行くようになっていた。

久米五郎はそのたびに、今日はどうだった、伊織先生と話をしたか、などと聞いてくるので鬱陶しいのだが、そんなことはおくびにも出さず、適当に誤魔化している。

今日は特に、大之進に作った体で弁当を持参した。

十太夫は遠慮し、若い者だけで食べなさいと言い、大之進に剣術を教えている伊織と一京は、共に食べてくれた。

大之進にではなく、伊織のために腕によりをかけていた小冬は、口に合うか心配だった。

母から習った稲荷(いなり)寿司には自信があった。

一京は気に入ったようで、いい嫁になるとまで言ってくれたが、肝心の伊織は、食欲がないように見えた。

小冬が自ら皿に取り、稲荷寿司をすすめると、伊織は食べてくれ、旨いとも言ってくれたが、寂しそうな顔をして言葉少なだった。

亡くなった母親の好物でもあったと知ったのは、家に帰ってからだ。

大之進が教えてくれ、こうも言った。

「姉上は、伊織先生のためにお弁当を作ったのでしょうけど、残念ながら先生には、想い人がいらっしゃいます」

まだ子供だと思っていた弟から図星を指されて、小冬は動揺した。

じっと見ていた大之進が、さらに言う。

「相手は旗本の姫君らしいのですが、初音家とは仲が良くないらしく、伊織先生は会いたくても会えないらしいのですよ」

「らしくらしくって言うけれど、それは大之進、あなたの想像なの」

厳しい口調に対し、大之進はくりくりと目玉を動かした。

「違います。大先生と一京先生が話されていたのを聞きました」

小冬は驚いた。

「まさか、盗み聞きしたの」

大之進は首を大きく横に振る。

「厠(かわや)にいた時に聞こえてきたので、出られなくなってしまい、すべて耳にしました」

正直者の大之進が作り話をするはずもなく、小冬はがっかりした。

伊織には、そこまで想う人がいるのだと思ったからだ。

大之進を初音道場に行かせると言った父親から何度も伊織の話を聞いていた小冬は、道場で初めて伊織を見た時から好感を抱いていた。

久米五郎に似て明るい性格の小冬は、臆することなく伊織に話しかけ、仲良くなったつもりでいたのだ。

黙り込んでいると、大之進が気を遣ったように声をかけてきた。

「姉上、もう道場に行くのをやめますか」

小冬は大きく息を吸って吐いた。

なんでも手に入れて育ってきたせいもあり、伊織をあきらめる気にはなれない。

「行くわよ」

大之進が明るい顔をする。

「そうおっしゃると思っていました。明るい姉上ならきっと、伊織先生を元気にできると思います」

まだ無垢な弟は、恋心なんて分からないで言っている。

そんな弟に微笑んで応じた小冬は、こう切り出した。

「伊織先生を明るくするには、まず敵を知る必要があるわね」

「敵？」

「そう。伊織先生を悲しくさせている想い人。どんな人か、会ってみたくなったわ」

「無理だと思いますよ。相手は旗本の姫ですから」

難しそうな顔をする大之進を見て、小冬はがっかりした。弟が言うとおり、商家の娘にその手立てはないと思ったからだ。

「今のは、お父様とお母様には内緒よ。道場の先生方にも言っちゃだめよ」

大之進はうなずき、兄たちの位牌が並ぶ隣の部屋に行った。

仏壇に頭を下げ、そっと襖を閉める弟の気持ちを考えた。

慕っていた兄たちを流行り病で一度に喪った大之進は、伊織に兄たちの面影を重ねているのではないだろうか。

どうすれば伊織を元気にできるか、小冬は知恵をしぼった。そして、大之進に稽古をつける伊織の優しい表情を思い出すと、胸がきゅっとして、頬が熱くなるのだった。

# 八

帯刀の伊織に対する疑いは晴れておらず、見張りは続いている。

そのようなことを考えてもいない伊織は、父の許しを得て、母の月命日に円満寺に出かけた。

一京が供をすると言ったのだが、久米五郎が五人の入門希望者を連れて来たため、一人で墓参をすませ、雲慶の招きを受けた。

「十太夫殿の顔をずいぶん見ておらぬが、息災か」

「おかげさまで。今日も誘ったのですが、弟子の稽古を見ると言われました」

雲慶は表情を明るくした。

「門人が戻ってきたのか」

「いいえ、新たに入ってくれたのです。初めは一人でしたが、今朝出かける時には、新たに五人の入門希望者が来ました」

「それは良い兆しじゃ。これを機に、以前のように栄えると良いのう。どれ、御仏に祈念してしんぜよう」

須弥壇に向いた雲慶は一礼し、読経をはじめた。

ありがたく思った伊織は手を合わせ、母の供養と、道場の発展を願った。

茶菓までいただいた伊織は、一刻ほどして家路についた。

父に話し、たまには菩提寺に顔を出すよう誘おうかと思いつつ歩いていると、道場がある通りにくだる坂への曲がり角から、黒塗りの編笠を被った剣客風の男が出てきて、伊織に向かって歩いてきた。

狭い通りのため、伊織は袖が擦れ合わぬよう右端に寄った。

すると、近づいた男は立ち止まり、笠の前を持ち上げて伊織を見てきた。

目つきが鋭い男を初めて見る伊織は、会釈をして道を譲った。

「その節は、配下の者が世話になった」

こう声をかけられ、伊織はいっぺんに気が張り詰めた。

表情を一変させ、殺気を帯びる相手に応じた伊織は、飛びすさって間合いを空ける。

「何者だ」

厳しく問うと、男は笑みを浮かべた。

「澤山善次郎と申す。不躾だが、ここで手合わせを願いたい」

「見てのとおり、わたしは丸腰だ」

伊織がそう言うと、澤山は片笑み、いきなり抜刀して一閃した。

抜刀術の太刀筋は鋭い。だが、これをかわした伊織に、澤山は満面に笑みを浮かべて刀を引き、鞘に納めた。

「おぬし、今の幕府をどう思うか」

唐突な質問だが、伊織は真顔で即答する。

「興味がない」

正直な気持ちだった。

すると澤山は、笑みを消した。

「父をあのような目に遭わせた磯部兵部を恨んでおらぬのか」

恨んでいないと言えば、嘘になる。

だが、得体の知れない相手に言うことではない。

黙っていると、澤山は薄い笑みを浮かべた。

「言わずとも、目を見れば分かる。どうじゃ、我らの仲間にならぬか。我らの手で、武士とは名ばかりの腐りきった幕閣どもを倒し、新しき時代を作ろうではないか」

「お断りする」

伊織は油断なく下がり、走り去った。

澤山が追ってくる様子はなく、振り向くと、姿が消えていた。

この時澤山は、別の路地に入り、控えていた岩隈龍前に微笑んだ。

「見たか」

「うむ。まさか、おぬしの抜刀術をかわすとはな。手加減したのか」

「するものか」

「その顔は、ますます気に入ったようだな。目が活き活きしておるぞ」

「あの男がほしい。必ず我らの仲間に加える」

そう告げた澤山は、岩隈に目配せした。

心得ている岩隈は、別の路地へ去ってゆく。

帯刀の手の者が跡をつけはじめたのに気づいた澤山は、路地の壁に立て掛けてあった荷車を引き倒し、走り去った。

道を塞がれた帯刀の手の者は苛立ち、伊織の見張りに戻った。

別の坂をくだり、道場に足を向けていた伊織は、ふと足を止めた。

「あの澤山という男、琴乃殿を拐かした者の仲間ではないのか」

磯部を恨む倒幕派の者ならば、松平帯刀を恨んでいても不思議ではない。

このあたりをうろついているのかと思うと、急に不安が込み上げた。琴乃が寛斎の許に通い続けているならば、今日の今頃は、来ているはずだからだ。

琴乃が心配で、会いたい一心で、父の言いつけを破って寛斎の家に足を向けた。

怪しい者から守れるならば、父にばれて勘当されてもいい。

強い想いを持って寛斎宅に行くと、やはり思ったとおり、戸口に赤い鼻緒の草履が揃えてあった。

十太夫から外出を禁止されているあいだに、伊織は考え、腹に決めたことがある。

そのことも伝えるべく、声をかけて上がり、廊下を歩いて寛斎の部屋に行った。

閉められていた障子の前で、伊織です、と声をかけると、入るよう返事があった。

障子を開けた伊織は、うつむき気味の琴乃を見て安堵し、文机に向かったままの寛斎に頭を下げた。

「慌てていかがした」

落ち着いた声で問う寛斎に、伊織は頭を下げたまま告げる。

「母の手紙の返事をしたく、まかりこしました」

琴乃への想いを今は伏せた伊織は、兄智将が帰った時のために、少しずつ薬学をご教示願いたいと言った。

返答がないので、伊織が顔を上げると、琴乃が驚いた顔で見ていた。

伊織が微笑むと、琴乃も唇に笑みを浮かべた。

寛斎が振り向いたので、伊織は頭を下げた。

「その前に、ひとつ答えよ」

「なんなりと」

「伊織、琴乃、おぬしたちは、外で逢い引きをしておるのか」

廊下で食器を落とした音が盛大にした。

あたふたした美津が、割れずにすんだ湯呑み茶碗を折敷に戻しながら詫びた。

寛斎はまったく動じぬ様子で、じっと伊織を見ている。

伊織は、琴乃を送り迎えしたこと、赤城明神で二人きりで話をしたこと、そして、十太夫の知るところとなり、以来、琴乃に会えていないのだと、隠さず打ち明けた。

寛斎は、渋い顔でうなずいた。

「なるほどの。琴乃が浮かぬ顔をしておったのは、そういうわけであったか」

「あの、先生、そのことは」

美津が取り繕おうとしたが、寛斎の耳には入っていないようだ。伊織と琴乃を見て言う。

「そなたらの父が御前試合で戦ったのは知っておるな」

二人がうなずくと、寛斎は嘆息を漏らした。

「あの勝負は見事であったが、それを機に、仇同士のようになりおった。わしは仲直りをさせようとした時もあったが、二人とも頑固でな。今となっては、どうにもなるまい。その二人が、お前たちの仲を許すはずもないが、それでも、想いは変わらぬのか」

伊織は琴乃の目を見て、

「変わりませぬ」

と答えた。

琴乃は目に涙を浮かべて、寛斎に向く。

「わたしも、同じでございます」

「親に認められぬ恋路は、茨の道ぞ」

伊織に迷いはなかった。

琴乃も、はいと答え、伊織を見て微笑んだ。

そんな二人に、寛斎は仕方なさそうに息を吐いた。

「外で会うておるのが親の知るところとなれば、邪魔をされる。しばらくは、ここで会うだけにしなさい。わしがおるのじゃから、親に文句は言わせぬ。うまくすれば、お前たちがあの頑固者二人を歩み寄らせるやも、しれぬな」

驚いた伊織は、琴乃と顔を見合わせた。琴乃も同じ気持ちのような気がした伊織は、寛斎に向く。

「父親同士が、仲直りできるとお考えですか」

「お前たちが橋渡しになればと思うのは、あくまでわしの希望じゃ。くどいようじゃが、外では会うな。父親の気持ちを逆なでするような真似をせぬよう、気を付けよ」

「お心遣い、痛み入りまする」

伊織が頭を下げると、琴乃も続いた。

廊下にいる美津は、何も聞かぬとばかりに、両手で耳を塞いでいる。

それを見た寛斎が、ふっと笑みを浮かべたものの、すぐさま真顔になった。

「まったく、手が焼ける弟子じゃわい」

九

帯刀は、戻った家来から報告を受けた。

初音道場に商人の息子や町の男、若い女も剣術を習いに来ているが、倒幕派の輩ではないようだと言われて、ひとまず安堵した。

「して、伊織は大人しゅうしておるのか」

こう問われたもう一人の家来は、躊躇いの色を浮かべて告げる。

「先日に続き、今日も出かけました」

　帯刀はじろりと目つきを鋭くした。

「寛斎のところか」

「はい」

「琴乃が行く日であろう。会うたのか」

「それが……」

　歯切れが悪い家来に、帯刀は苛立った。

「なんじゃ。咎めぬ、ありていに申せ」

「はは。表を見張っておりましたら、寛斎先生が背後から来られ、伊織を弟子にした、薬学を教えておるだけゆえ、いらぬ心配をせぬように、との言伝にございます」

「寛斎め、いらぬことをしおる」

　口汚く言ってみたものの、気になったことを、初音家を見張らせている家来に問う。

「伊織は、稽古をしておらぬのか」

「寛斎先生のところへ通いはじめた日から、まったく道場へは入っておりませぬ」

「うむ。二人とも、引き続き目を離すな」

「はは」

声を揃えた家来たちは、部屋から出ていった。

「剣を捨てておるか」

そうこぼした帯刀は、命懸けで琴乃を助けてくれた伊織のことを思い、胸が痛んだ。

十太夫とて悪い男ではないのを知っている帯刀ではあるが、かつて、御前試合で負けた腹いせに仕官の道を断ったことは消えない。

そして此度も、息子の将来を邪魔した。

十太夫は、決して許さぬだろうと思う帯刀は、やはり、縁のない相手と考える。

琴乃は悲しむだろうが、伊織と引き離さねばなるまい。

「さて、どうしたものか」

声に出し、思案をはじめたところへ、小姓が来客を告げに来た。

磯部兵部だと聞いて、帯刀は客間に向かった。

待っていた磯部は、狡猾そうな顔にいささかの焦燥を浮かべている。

「何ごとだ」

膝を突き合わせて座った帯刀が問うと、磯部は真顔で答えた。

「娘御を拐かした黒幕が分かったゆえ、急ぎ知らせにまいった」

琴乃の件を頼んだ覚えがない帯刀は驚いた。同時に、先を越された悔しさが込み上げ、声が不機嫌になる。

「誰だ」

磯部は眉間の皺を深くして告げる。

「澤山善次郎だ。覚えておろう」

帯刀は絶句した。

「まさに、一刻も早く捕らえるべき相手と考えていた男だ」

磯部はうなずいた。

「異人の排撃を唱え続けていた鎌田京端に陶酔して長州を脱藩したほどの攘夷論者だ。奴の恨みを買ったのは厄介だぞ。剣の腕は、かなりのものらしい。人を何人も斬殺しているという噂もある」

「逆恨みだ。わしは鎌田京端を追っていたが、奴の死に関わってはおらぬ」

「分からぬか。これこそが、狡猾な鎌田京端の策だ」

「何……」

帯刀は、磯部を見据えた。

「どういうことだ」

「鎌田に陶酔する者の中には、澤山のような過激な者がいる。鎌田は長州だけではなく、水戸、薩摩(さつま)、土佐(とさ)を遊説して回り、私兵となる者を集めていたのだ。おぬしはその鎌田に目を付けて捕らえようとしていたが、逆に、利用されたのだ」

磯部はそう言って、懐から一通の文を出して渡した。

「おぬしを井伊大老の犬だと罵り、同志のため、この国の未来のために蜂起を促しておる」

開いて目を通した帯刀は、愕然として顔を上げた。

「これは、遺言か」

磯部がうなずく。

「井伊大老の犬に捕らえられれば、見せしめに殺される。そうさせぬために、自ら命を絶つと書いてあれば、陶酔しておる者が我らを恨むのは至極当然であろう。まさかここまでしておるとは思わなんだ。澤山は、鎌田がおぬしに追い詰められて自ら命を絶ったと信じ、同志を守るために、此度のような浅はかな真似をしたに違いない」

「愚かな」

「さよう。愚かだ。しかし、厄介だぞ。この遺言書を持っていたのは、井伊大老に命じられて捕らえた水戸の脱藩者だった。いったい何人に配っておるのか分からぬゆえ、油断はできぬ」

澤山の過激さについては帯刀も承知しており、捜させていたのだ。その澤山が琴乃を攫わせたのかと思うと、身震いしたくなるほどの恐怖が込み上げた。伊織が助けてくれなければ、今頃は殺されていたかもしれぬと、帯刀は思ったのだ。

そして、澤山がふたたび琴乃に手を出すのを恐れた帯刀は、策を考えずにはいられなかった。

「今日は、よう知らせてくれた」

会釈する程度に頭を下げた帯刀に、磯部が言う。

「おぬしは、吉田松陰を覚えておるか」

「国禁を犯してペリー艦隊に乗り込み、海を渡ろうとした不届き者であろう。確か萩で投獄されておるはずじゃが、その者がいかがした。澤山と関わっておるのか」

急いて先を問う帯刀に、磯部は嘲笑を浮かべて首を横に振った。

「そうではない。長州の者ならば澤山の顔をよう知っておると思い探索を手伝わせようとしたのだが、御公儀は近いうちに、吉田松陰を江戸へ押送させるようだ。長州者の中には師と仰ぎ、思想の手本としておる輩も少なくない。しかし評定所は、松陰を過激な攘夷論者とみなしておるゆえ、どのような沙汰がくだるか分からぬ。それゆえおぬしも、澤山の探索に長州者を頼るのはよしたほうがよいぞ」

「長州者など、元より頼るつもりはない」

「それだけ伝えにまいった」

磯部は帰ろうとしたが、帯刀は問う。

「今は、誰を追っておるのだ」

「水戸に目を光らせておる。井伊様は、異人排除を訴える水戸を追い込む腹であろう」

「水戸は手強いぞ。気を付けろ」

「忠告、肝に銘じまする」

揶揄を込めて応じた磯部は、帰っていった。

長州者を脅して澤山善次郎を差し出すよう、頭の隅で考えていた帯刀は、舌打ちをした。

琴乃の身を案じる帯刀は、腕組みをして目を閉じ、思案を巡らせていたが、やがてある思いに達して目を開けた。

「まさか、伊織と澤山は通じておるのか」

そう考えだすと、頭から離れぬようになった帯刀は立ち上がり、手を回すべく自ら動いた。

十

今日は、やや蒸し暑い。

どんよりと曇った空を見上げた伊織は、薬学書を手に、父の部屋に向かった。

「父上、行ってまいります」

佐江の手を借りて道着に着替えていた十太夫は、うむ、とだけ答えた。

この頃、十太夫は機嫌が良い。

剣術はまだまだ思うようにはいかずとも、久米五郎のおかげで門人が増え続け、今では二十人になっている。大人は一京にまかせ、十太夫は子供を見ている。

道場に活気が戻りつつあるのも機嫌が良い理由だが、なんといっても、伊織が寛斎の弟子になったのが、嬉しいのだ。

「菫も、喜んでおるぞ」

寛斎に学ぶと打ち明けた時に、十太夫が言った言葉だ。

琴乃と共に学んでいるとは知らぬ十太夫には、いささか申しわけない気がするものの、

「十太夫殿と帯刀殿のことは、わしにまかせておけ」

寛斎の言葉を信じて、黙っている。

道場からする稽古の音を聞きながら裏門から出ようとした伊織は、呼び止められて振り向いた。

目に映えたのは、薄水色の縮緬と、青や紫の朝顔だ。

佐江が羨むほどの上等な着物を着ているのは、この道場では小冬しかいない。

「どちらにお出かけですか」

遠慮なく訊く小冬は、色白の顔に寂しさをにじませている。

伊織は薬学書の包みを見せた。

「学びに行きます」

もう大之進に稽古はつけられないと言った時、久米五郎は道場を辞めさせると言うに違いないと案じていたが、それは杞憂に終わっていた。

一京が伊織よりも勝っていると知ったのもあるが、何より、大之進が一京を好いていたからだ。

伊織は、それでいいと思った。いずれ道場から出る次男ゆえ、兄が帰るまでは、師範代として一京が守るのが本筋だからだ。

久米五郎も大之進も納得しているのだが、小冬だけは、伊織が道場に出ぬのを寂しがった。なぜなら、小冬も弟に負けじと、剣術を習いはじめたからだ。

「今日も、ご指南賜れませぬか」

こう言われて、伊織は苦笑いをした。

「小冬殿、わたしはもう、剣術から離れると決めたのです」

そう告げた伊織は、裏門を開けた。

「わたし、待っています。あきらめませんから」

久米五郎よりも熱を帯びた声を背中に聞きながら、伊織は振り向かずに戸を閉め、路地を進んだ。

一京から聞いた話では、十太夫は小冬に、美しい顔に傷が付くといかんから、やめなさい、と諭したが、聞かぬらしい。

一京はいささか、気が強い小冬が苦手なようだった。

女剣士を目指すと言ったらしいのだが、今見た限りでは、身なりに気を遣う乙女そのもので、剣術に目を向けているようには思えぬ。

小冬が何を考えているのか分からぬ伊織は、さして気にせず、寛斎の家の表の格子戸を開けた。母屋の表に歩み、板戸を開けると、いつもはあるはずの、琴乃と美津の草履がなかった。

今日はまだ来ていないのかと思いつつ、廊下を寛斎の部屋に行き、座して声をかけた。

「先生、おはようございます」

「うむ。入れ」

暗い声に、伊織は首を傾げつつ障子を開けて入った。

文机から振り向いた寛斎に頭を下げ、今日もお頼み申します、といつものあいさつをして風呂敷を解きにかかった。

「これを、預かった」

言われて手を止めた伊織は、寛斎が差し出す白い包みを受け取った。何も書かれておらず、糊で封をされている。

「美津殿が来て、預けて帰った」

「何かあったのですか」

「まずは開けてみよ」

小柄を渡された伊織は、封を切って取り出した。

文字は一行のみだ。

# あの場所でお待ちしております　琴乃

外で会わぬ約束をしていた伊織は、居住まいを正して寛斎に見せた。

「行くのを、お許しください」

寛斎はうなずく。

「琴乃は、もうここへは来られぬそうじゃ。美津殿がわけを言わぬゆえ、聞いてまいれ」

思わぬ言葉に衝撃を受けた伊織は、外に飛び出し、赤城明神に走った。

待たせているかと思うと、いつもの道がやけに遠く感じる。人を縫うように走り、境内に入ったところで立ち止まった伊織は、膝に両手をついて息を整えた。汗を拭い、本殿の横手に歩いて行くと、美津が頭を下げて先を促す。

「お急ぎください」

うなずいた伊織が奥へ進むと、白綸子（しろりんず）の後ろ姿が見えた。贈った平打ちの簪を着けてくれている。

「琴乃殿」

声に応じて振り向いた琴乃は、桜色の唇に笑みを浮かべたものの、すぐに、寂しそうな顔をした。

「父の命で、従姉妹の家に預けられることになりました」

申しわけない気持ちになった伊織は、そばに寄った。

「わたしのせいだ。先生のところに通うのをやめますから、お父上にそうお伝えください」

「違うのです」

琴乃は目を見て言う。

「父の御役目に支障が出ぬよう、わたしを拐かした一味が捕らえられるまで隠されるのです」

一味、と聞いて伊織は心配になった。

「そこにいれば、守っていただけるのですか」

「おそらく。場所も知られぬよう、密かに移すそうです」

「ならば安心です」

琴乃は悲しそうな顔をした。

「でも、もうお目にかかれぬかもしれませぬ」

「琴乃殿の無事が、何よりも大事ですから」

これは伊織の本音だ。一味がまた動いているのを、帯刀は知っているに違いないと思い、出た言葉だ。

琴乃は微笑んだ。

「では、父に従います」

頭を下げ、帰ろうとする琴乃の、涙を流した横顔を見た伊織は、咄嗟に腕をつかんで抱きしめた。

茨の道だと言った寛斎の言葉が胸に浮かぶが、伊織は離したくなかった。

胸に抱かれている琴乃は、微かに震えている。

守りたい。

伊織が思いを伝えようとした時、琴乃が腕をつかんできた。

「このまま、連れて逃げてください」

伊織は目を閉じた。同じ思いだったからだ。

どうにかなる。

琴乃とならどこにいても幸せになれる。

行く当ては思いつかぬが、若さが伊織を駆り立てた。

琴乃の手をつかみ、伊織は歩みを進めた。

「お嬢様……」

不安そうに声をかける美津に、琴乃はあやまった。

「伊織殿と行きます。父上にそう伝えてください」

「なりませぬ。お嬢様！」

止める美津の手を振り払う琴乃の腕を引き、伊織は走った。

美津の声を聞きながら境内から出ようとした時、行く手を塞ぐ者がいた。

榊原勝正が、手の者を連れて現れたのだ。

「琴乃殿、捜していたのだ。急ぎ帰ろう。おば上と康之介殿が曲者に襲われて、大騒ぎになっている」

琴乃は目を見開き、引き攣った声をあげた。

「どうして母と弟が……」

「帯刀殿の名代で菩提寺に行った帰りに襲われたそうだ。おば上は康之介殿を守ろうとして、怪我をされている」

「そんな……」

勝正は動揺する琴乃を伊織から離して家来に預け、厳しい顔で告げる。

「おぬしに琴乃を幸せにできるのか」

伊織が答える前に、勝正が一歩近づいて言う。

「琴乃を想うなら、家を捨てさせるな」

伊織は言い返す。

「あなたは琴乃殿を守れるのか」

「守る自信はある。お前はどうなのだ。家禄もない根無し草に何ができる。琴乃は旗本の娘だ。世間知らずで、今はのぼせているようだが、お前と行けば、必ず先で後悔するに決まっているのだ。琴乃の幸せを願うなら、もう関わるな」

鋭い眼差しの勝正は、家来を伊織と対峙させ、琴乃の手を引いて去った。

琴乃は振り向いたが、母と弟を案じるあまり、勝正に従って帰っていった。

美津が伊織に頭を下げ、勝正の家来たちとあとを追って走る。

　勝正の言うとおりだ。今の伊織には何もない。

　ただ見送ることとしかできなかった伊織は、この時ほど、身分なき虚しさを感じたことはなかった。

「いいように言われておるな」

　不意に背後でした声に、伊織は振り向いた。

「澤山善次郎……」

　伊織は睨んだ。

「琴乃殿の母御と弟御を襲わせたのか」

　澤山は思わせぶりに微笑み、纏（まと）わり付くような眼差しで言う。

「想い人を奪われて、腹を立てておるのだろう。顔に出ておるぞ」

「自分にだ」

「そこよ。それこそ、徳川が二百五十年にも亘って人のこころに植え付けた悪しき種だ。同じ人として生まれたというのに、家柄でその者の生涯が決まる。百姓は死ぬまで土を耕し、汗水流して育てた米を、武家に奪われる。武家に生まれれば、今の男のように無能な者でも人の上に立ち、下を見てのうのうと生きる。お前は、そのような者どもが支配する国のままで良いのか」

「口で偉そうなことを述べても、やっていることは悪辣ではないか」

「では、お前は何者だ」

伊織は答える気にもなれず去ろうとするが、澤山が立ちはだかる。

「徳川が作ったこのつまらぬ世の仕組みを、変えたいとは思わぬか」

「思わぬ」

「だが、これから時代は大きく変わる。旗本の馬鹿息子に想い人を奪われたくなければ、我らの仲間になれ。己の力でのし上がれる世にしようではないか」

「断る」

伊織が答えた刹那、澤山が刀の柄頭で腹を突いてきた。

伊織は下がってかわした。背後に気配を察して振り向くと、澤山の仲間と思しき男が抜刀して斬りかかってきた。

刀を持っていない伊織は太刀筋を見切ってかわしたのだが、いきなり背後から首を打たれ、目の前が暗くなった。

手刀で倒した澤山は、気絶した伊織を見下ろした。

「お前には、どうあっても仲間になってもらう」

そう告げると、配下の者たちに告げる。

「ここからは、第二の計画でいく。急げ」

応じた配下の者たちは、伊織に猿ぐつわを噛ませ、縄で手足の自由を奪うと、用意していた町駕籠に押し込んだ。

騒ぎを聞いて集まりつつある町の者たちを威嚇した配下が、道を空けさせて駕籠を担いで逃げてゆく。

澤山は悠々と歩き、赤城明神から去った。


伊織はゆっくり瞼を開けた。しかし目隠しをされているせいで、何も見えない。抗おうにも手足は動かせず、声も出せぬ。

身体の揺れから、駕籠に乗せられているのは判断できた。どれほど気を失っていたのかまったく分からぬ中、伊織が案じたのは琴乃のことだ。

母と弟が怪我をさせられ、こころを痛めているのではないだろうか。

澤山がこうして琴乃を拐かし、恐ろしい思いをさせたのかと思うと、無性に腹が立った。

怒りをぶつけて駕籠の中から蹴ろうとしても、足は動かぬ。

いったい何をたくらみ、行動しているのか。伊織を拐かしたところで、十太夫は剣を遣えぬのだから、脅されて刺客にされる恐れはない。では一京はどうか。一京ならば、伊織を助けるため言いなりになるかもしれない。

それだけは避けたかった。

このような思いにさせるのが、澤山の策ではないだろうか。従わなければ、一京にやらせると脅す気かもしれぬ。

では誰を狙うのか。

そう考えた伊織の頭に真っ先に浮かんだのは、松平帯刀だ。

思いどおりにさせてなるものか。

歯がゆい気持ちでいると、駕籠が荒々しく落とされ、引っ張り出された。目隠しを取られてみると、西日が眩しすぎて目が開けられない。

「立て」

強引に立たされ、猿ぐつわを外された。手足の縄は解かれたが、屈強な男二人に両腕をつかまれ、刀の鐺で腹を突かれて息ができなくなり、身体に力が入らなくなった。

武家屋敷が並ぶ、人通りがない小路に怒号が響いたのはその時だ。

「松平帯刀！　覚悟！」

叫び声にはっとして顔を上げた伊織の目に飛び込んだのは、刀や手槍を得物に、家来を従えている帯刀に切り込む者たちだった。

澤山が伊織に近づいて言う。

「これでお前は、幕府の敵だ」

折悪しく、臼井が伊織に気づき、帯刀に何かしら告げた。

帯刀は家来と共に襲撃者を斬り、伊織に険しい顔を向ける。

「やはり、仲間であったか」

帯刀から見えぬよう両腕を押さえられている伊織は、違うと叫んだが、澤山の配下が帯刀に斬りかかる気合でかき消された。

澤山が襲撃に加わり、次々と家来を倒してゆく。

伊織は、劣勢になった帯刀を助けるため、力を振りしぼって二人の男から離れると、腰の刀を奪って峰打ちに倒した。

琴乃を拐かした者たちが、帯刀を斬ろうと囲んだ。

伊織は走り、一人を峰打ちに倒すと、斬りかかってきた別の者の刃をかい潜って背後を取り、振り向きざまに肩を峰打ちして骨を砕いた。

岩隈龍前が伊織に斬りかかった。

伊織は、鋭く袈裟斬りに振るわれた刀身を横に弾いて刃をかわした。

岩隈は刃を転じて斬り上げようとしたが、その太刀筋よりも勝った伊織の一撃を籠手に食らい、刀を落とした。

それを見た帯刀の家来たちが飛びかかり、岩隈は力まかせに引き倒され、頭を地面に押し付けられて呻いた。

舌打ちした澤山は、配下に引けと叫び、止めようとした帯刀の家来を斬り倒して走り去った。

取り押さえていた家来の手から逃れた岩隈は逃げようとしたのだが、帯刀の家来に囲まれ、壁際に追い詰められた。

岩隈は、恨みに満ちた顔を伊織に向けた。

「伊織！　よくも裏切ったな！」

そう叫ぶやいなや、脇差を抜いて己の腹に突き刺した。

「死なせるな！」

帯刀が怒鳴ったが、岩隈は力なく横たわった。そして、血走った目を伊織に向けると不敵な笑みを浮かべ、こと切れた。

帯刀が伊織に向き、家来に命じる。

「この者を捕らえよ」

言いわけができる状況ではなく、伊織は刀を捨てた。

十一

伊織が帯刀に捕らえられ、同じ屋敷内にいるのを知らぬ琴乃は、怪我をした母と弟のそばから離れずにいた。

康之介をかばおうとした鶴は、背中を斬られている。幸い浅手だが、動けば血が流れるため、医者から安静を告げられている。

康之介のほうは、腕の怪我よりも、こころが心配だった。

自分のために母が怪我をしたと思い、塞ぎ込んでいるのだ。

そこへ、帯刀が来た。俯せになり、傷の痛みに苦しんでいる鶴を見て、心配そうにそばに座った。

「痛むか」

鶴は辛いはずだが、無理をして笑みを浮かべ、大丈夫だと言った。

そんな母の気丈な様子を見て、琴乃は帯刀に言う。

「熱が下がりませぬ」

帯刀は琴乃に厳しい顔を向けたが、何も言わず、鶴の介抱をした。

琴乃は、父のそんな態度を見て、伊織と逃げようとしていたのを勝正から聞いたのだと思った。

黙っていると、帯刀が鶴の汗を拭いてやりながら言う。

「鶴と康之介に怪我をさせた輩が、わしを襲うてきた」

琴乃は目を見張った。鶴も心配そうに見ている。

帯刀は鶴の頬に手を当て、琴乃に厳しい顔を向けた。

「その不埒者の中に、初音伊織がおったのだ。奴は、お前を拐かした者たちと手を組んでおったのだ」

琴乃は首を激しく横に振った。

「あり得ませぬ。伊織殿は、わたしを助けてくださったのですから」

「わしも、伊織に救われた」

「ではなぜ、そのようなことをおっしゃるのです」

「しくじって自害した者が、伊織裏切ったなと、はっきり恨みをぶつけたのだ」

「嘘です」

「嘘ではない！　家来どもが皆聞いておる。現に奴は、襲撃した者どもと一緒にいたのだ。磯部が睨んだとおり、初音家の者どもは、攘夷を叫び、倒幕を狙う者どもに与しておる」

混乱して泣き崩れる琴乃を心配した鶴が、帯刀に言う。

「でもお前様、伊織殿に救われたとおっしゃったではありませぬか」

「それも確かじゃ。裏切ったと申したであろう。奴は、わしが窮地と見て手を貸したのではなく、助太刀に駆け付けていた御先手組にいち早く気づき、己の身が可愛くなって仲間を捨てたに違いない」

「伊織殿は、父上の敵ではありませぬ。どうか、お解き放ちください」

伊織を捕らえ、屋敷内の牢に入れたと聞いた琴乃は、胸が張り裂けそうになった。

「あくまでもかばうか……」

帯刀は怒気を浮かべたが声を荒らげることはなく、やおら立ち上がった。

「奴の本性は、このわしが暴いてやる。いずれにせよ、あのような男のことはきっぱりと忘れろ。鶴と康之介のことは心配せず、今すぐ小野寺家へまいるがよい」

控えていた美津に対し、帯刀は厳しく告げる。

「そのほうはここに残り、鶴の世話をせよ。琴乃付きの役を解く」

美津は申しわけなさそうな顔で平身低頭し、帯刀が去っても頭を上げなかった。

そんな美津を見下ろして寝所に入ってきたのは、琴乃が苦手とする侍女だ。

目尻が上がり、気の強そうな三十半ばの顔が、じろりと琴乃を見る。

「姫様、このわたくしが、小野寺家にお送りいたしまする」

この侍女、お辰の笑った顔を見たことがない琴乃は、伊織のこともあり、絶望の淵に立たされた。

拒むことを許されぬ琴乃は、失意のうちに母と別れ、屋敷の奥向きに横付けされた駕籠に乗った。琴乃の駕籠ではなく、小野寺家の家紋が入った、従姉妹の小春(こはる)の物だ。

縁者である小野寺家の者が、松平家を訪ねたふりをして琴乃を連れ出し、不埒者の目を欺く苦肉の策だった。

これに松平家の侍女が付き添うわけにはいかず、お辰の同行がなくなったのが、唯一の救いだった。琴乃は一人で、小野寺家に送られたのだ。

駕籠が動きはじめると、琴乃はそっと小窓を開けて、裏庭を見た。このどこかに伊織が捕らえられているのかと思うと、飛び出して行きたくなる。

だが、小野寺家の家来が外から戸を閉め、守りを厳重にしているため、琴乃はどうすることもできぬまま、駕籠の中で目を閉じた。

連れて行かれたのは、小野寺家の本宅だった。

出迎えた従姉妹の小春と叔母の春代(はるよ)が、駕籠から降りた琴乃を見るなり、驚いた顔をした。

春代が歩み寄り、両手を差し出した。

「辛そうな顔をして。おいで」

幼子に接するようにするのは、相変わらずだ。

今の琴乃は、春代の胸に飛び込んで泣きたい気分だった。

人目があるため我慢していたが、春代が抱き寄せた。

「話は聞いています。辛かったわね。でももう大丈夫。ここにいる限り、怖い思いはさせませぬ」

的を外れているが、琴乃は抱かれたまま、そっと涙を拭った。

部屋で小春、春代と三人だけになると、勘働きが鋭い従姉妹は真顔で問う。

「伯母上と康之介殿の怪我は浅手だと聞いたわ。その顔は、他にも心配事があるのね。誰にも言わないから聞かせて」

そのうち耳に入るはずだと思った琴乃は、春代と小春の顔を見て、伊織への想いと、これまでのことを打ち明けた。

駆け落ちまでしようとしたのには、春代は驚いたようだ。小春も顔を蒼白にしていたが、やがて頬を桜色に染め、

「わたしでも、伊織様に惚れるかも」

などと言い、春代に、これ、と叱られた。

春代は、厳しい顔をして琴乃に言う。

「駆け落ちは、してはなりませぬ。二人が良くても、世の中が認めないから言っているのです。特におなごは、殿方と手を取り合って逃げた身持ちが悪い者とみなされ、生涯、人から笑われるのです」

そういう人を何人も見たというのは、琴乃を制しようとする春代の方便ではない。世の中を見る目を持っており、牛込に所有している土地を商人たちに貸しているため、俗世の男女の色恋沙汰も耳に届くのだ。

「特に旗本の姫が世間の目にさらされれば、どこに行っても付きまとうのです。ですから決して、駆け落ちなどしてはなりませぬ」

春代のこのような厳しい姿を初めて見た琴乃は、自分がしようとしていたことがいかに危ういことだったか思い知らされた気がした。だが、頭では理解できても、胸のなかでは伊織への想いが強くなるばかりだ。

夜も眠れず、伊織が囚われの身でどう過ごしているのか心配でたまらなかった。

朝になると、琴乃は春代に、屋敷に帰りたいと願った。

だが許されなかった。春代は昨日のうちに、帯刀から伊織のことを聞いていたのだ。

春代は厳しく責めるのではなく、諭すように言う。

「わたしもそなたの年頃には、憧れを抱く殿方がいました。されど、今のそなたは周りが見えておりませぬ」

「叔母上、伊織殿は人を殺（あや）めるような人ではありませぬ。どうすれば、父の疑いを晴らせますか」

春代は琴乃の手を優しくにぎった。

「帯刀殿は、心根が優しいお方です。今は厳しく思うでしょうが、信じなさい。伊織殿が潔白ならば、必ず伝わるはず。決して、悪いようにはなりませぬ。されど、そなたが騒いで伊織殿をかばい立てすれば、帯刀殿は機嫌をそこねられるはずです」

助かるものも助からぬと言われて、琴乃ははっとした。

心中を察したように、春代は笑みを浮かべてうなずいた。

琴乃の頬を伝う涙を拭った春代は、抱き寄せて言う。

「大丈夫。こころ安らかにおりなさい」

うなずいた琴乃は、日頃から尊敬の念を抱いていた叔母に従い、胸の中で伊織の無事を祈るのだった。

十二

攘夷、すなわち異国の者を打ち払って日ノ本に入れさせぬという信念の下、異国に港を開こうとする幕府の政(まつりごと)を非難する者たちを捕らえ、一時的に収監するために建てられた牢屋敷は、松平家の広大な敷地の一角にある。

じめじめした牢屋の中には誰もおらず、伊織は板壁に背中を預けて、両膝を抱えていた。

朝日が窓枠の四角い形に床を照らし、その光の中に、先ほど止まった鳥の影が映っている。

さえずりから雀だと分かったが、見上げれば逃げてしまうだろうと思った伊織は、動く影をぼんやりと眺めていた。

中廊下に足音がすると、雀は逃げていった。

鍵の金属がぶつかる音が近づき、牢番が格子戸を開けた。

「御家老の尋問がある。出ろ」

伊織は素直に応じて、窮屈な出入り口を潜った。その場で黒鉄の手枷を掛けられ、戸口へ押された。

牢屋から外へ出ると、十畳ほどの石畳の三和土がある。

戸口で待っていた臼井小弥太に背中をつかまれた伊織は、向かい側の建物へ連れて行かれた。正面に戸を開けられた板の間があり、紋付き袴を着けた二人の侍が正座して待っていた。

一人は家老の芦田藤四郎で、その前に座しているのは吉井大善だ。

いずれも、刺すような目で伊織を見ている。

あるじ帯刀の命を奪わんとした岩隈が、自害する前に伊織を罵った言葉が、忠臣の二人にそうさせているのだ。

「観念してすべて話せば、命までは取られまい」

臼井が情けをかける口調で伊織の耳元でささやき、離れて控えた。

藤四郎が伊織を見据え、厳しい口調で問う。

「初音伊織に相違ないな」

「はい」

「そのほうが澤山善次郎と会うていたのを、そこに控える臼井が見ておる。殿を暗殺するくわだてに加わったのも明白であるが、仲間を裏切ったのは何ゆえだ」

「誤解をしておられます。わたしは、あの者たちの仲間ではありませぬ。気絶させられ、あの場に無理やり連れて来られたのです」

藤四郎は、表情を穏やかにした。

「確かに、そのほうが赤城明神で捕らえられるのを、何人か見た者がおった」

伊織は安堵した。疑いが晴れれば、帰してもらえると思ったからだ。

だが、甘かった。藤四郎が笑いながら吐いた言葉は、

「何ゆえ、あのような小芝居をする必要があったのだ」

伊織を仲間と決めてかかっている言い方だ。

伊織の脳裏に、磯部兵部の拷問で大怪我をさせられた父の姿が浮かんだ。

まして、帯刀と十太夫は仲が悪い。そのうえ、伊織が琴乃と会うのを良く思って

いないのだから、岩隈の発言は、帯刀にとっては好都合のはず。

伊織は唇を引き結び、眼差しを地面に向けた。

藤四郎が言う。

「仲間を裏切って殿を助けたのだから、無罪放免になるだろうと期待しておるのなら、甘い考えであるぞ」

「仲間ではない！」

伊織は訴えたが、藤四郎はぴくりともせず、能面のような表情で見据えている。

「認めれば居場所を吐かされると思うて否定しておるのだろうが、劣勢と見るや怖気づき、仲間を裏切ったではないか。卑怯者は卑怯者らしゅう仲間を売れ。さすれば、命だけは助けるよう、わたしから殿にお願いするぞ」

これは挑発なのか、それとも本気でそう思っているのか。

伊織は藤四郎の本心を知りたくて目を見た。

藤四郎は相変わらず能面のように表情がなく、腹を読めない。

いっぽう、昨日の戦いで怪我をした右腕を首から下げた布で固定している吉井大善は、伊織と目が合うと、動揺の色を浮かべて視線をそらした。伊織が助けに行かなければ、帯刀を守れなかったと思っているからに違いなかった。

臼井が小声をかけてきた。

「観念して、逃げた者どもの居場所を教えろ」

伊織は真っ直ぐな目を藤四郎に向ける。

「わたしは、仲間ではない。誘われたのは確かだが、きっぱりと断りました」

すると、藤四郎は能面の表情を解いて、眉尻を下げた。

「なんと言うて、誘われたのだ」

伊織は隠さず、澤山から言われたことを覚えている限り伝えた。

無能な旗本の勝正に琴乃を取られたくなければ、というくだりは伏せた。

話しているうちに、藤四郎の表情は明るくなり、吉井は逆に不機嫌そうになった。

臼井は、正直に話せと言っていたくせに、もう黙れ、というような顔をして見ている。

だが伊織は、藤四郎の罠とは気づかず、澤山から、共にこの世の仕組みを変えようと言われたと、はっきり口にした。

むろん、断ったら襲われ、気づけば囚われの身になっていたと告げたのだが、藤四郎はそのことには生返事をして、何かを考えている風だった。

「他に申し開くことがあれば聞くぞ」

そう言った藤四郎であるが、伊織が、重ねて仲間ではないと訴えると、また能面の表情になり、臼井に顎で指図した。

伊織は、用がすんだとばかりに、牢屋に戻された。

それ以後はなんの沙汰もないまま、二日、三日と、虚しく日にちだけが過ぎていった。

伊織が帯刀に捕らえられたことが父十太夫に伝わったと聞いたのは、五日後だ。

格子の前に来た臼井から、帯刀の命で初音道場に行ったと聞いた伊織は、そばに行き、格子をつかんで問うた。

「父は、なんと言いましたか」

臼井は、戸惑ったような顔をした。

「聞かぬほうがよい」

「構いませぬ。教えてください」

「好きにせい。この、一言だ」

助ける気はないのだと分かった伊織は、格子に背中をつけて膝を抱えた。

道場の跡は兄が継ぐのだし、仇敵である帯刀の娘と逢い引きをしていた伊織のことなど、どうでもよいのだ。まして、十太夫の念願だった仕官を邪魔した帯刀に、愚息を助けてくれと頭を下げることなど、父の誇りが許さぬはず。

伊織は、生きてここから出られないだろうと思い、膝を抱えた腕に顔をうずめた。

「澤山を裏切ったことを、後悔しているのか」

背後から臼井に問われて、伊織は振り向いて正座し、居住まいを正した。

「今後悔しているのは、ただひとつにございます」

「それはなんだ」

「琴乃殿を助けた時、拐かした者どもを斬らなかったことです」

臼井は、伊織の目を見つめた。

「何ゆえ後悔する」

「斬っておれば、澤山に誘われなかったでしょうから」

「それは本心か」

伊織は臼井の目を真っ直ぐ見返して、うなずいた。

臼井から報告を受けた帯刀は、盆栽の松の枝を切る手を止めた。

「ほぉう、そのように申したか」

臼井が言う。

「あの者がお嬢様を助けたのは揺るぎなき事実でございますから、偽りではないかと存じます。お解き放ちに……」

「臼井、出すぎたことを申すな」

藤四郎に叱られた臼井は、平身低頭した。

「お許しください」

「下がれ」

「はは」

立ち去る臼井を鋭い目で見送った藤四郎が、帯刀に言う。

「殿、いかがなされますか。評定所に裁きを委ねる手もございますが」

「まあ待て。今しばらく、放っておけ」

藤四郎は訝しげに、眉をひそめる。

「何かを待っておられるのですか」

「どう出るか、見ものであろう」

「親にも見捨てられた者でございます。まして裏切られた澤山が、のこのこ助けに来るとは思えませぬが」

帯刀は松の枝を落とし、鋏(はさみ)を置いた。

「わしを助けた時の、伊織の太刀さばきを見ておれば、そのほうの考えも違っていたはずじゃ。あれほどの腕を持った伊織を、放ってはおくまい。わしならば、頭を下げてでも助けたいと思うぞ」

文机に置かれたままになっている大久保寛斎から届いた手紙を一瞥した藤四郎は、さらに眉間の皺を深くした。

「誰を待っておられるのですか」

「鳴かぬなら、鳴くまで待とうほととぎす」

さも楽しげに口ずさんだ帯刀は、ふたたび鋏を取って松の手入れに集中した。

伊織を牢から出す気はさらさらないように思えた藤四郎は、首を傾げながらも、澤山一味の襲撃に備えて守りを固めると告げた。

帯刀が許すと、藤四郎は御用部屋へ戻り、配下の者たちに命じて人を配置した。

## 十三

市谷御門前には、江戸城西方の守護神とされている八幡社がある。境内には芝居小屋や水茶屋が並び、毎日大勢の人でにぎわっている。

明るい小女が働く水茶屋を選んだ澤山善次郎は、眼下の堀に面した長床几に腰かけ、対岸を見つめていた。番町の武家屋敷の甍をぼうっと遠望し、松平家の門前で命を絶った同志、岩隈龍前の最期を思い出しているのだ。

そこへ、物見に行っていた川中が戻ってきた。小女に冷たい茶を注文すると、澤山と背中合わせに腰かけ、手に持っていた瓦版を渡した。

「御前試合に勝ち残った者が載っています」

自分たちの仇敵になりうる者どもだけに、澤山は興味を持って目を落とした。

首席　三百石旗本　奥平和孝三十歳　鏡新明智流。

次席　二千石旗本　北条家家臣　茅部酉太郎二十二歳　北辰一刀流。
三席　百石旗本　竜ケ崎大作三十二歳　鏡新明智流。
四席　五百石旗本　細川家次男　押田良衛十八歳　念流。
五席　二百石旗本　戸川富次二十五歳　二刀流。

澤山は知らぬ者ばかりだが、江戸の事情に明るい川中が言う。

「鏡新明智流の遣い手は、いずれも油断ならぬ者です。特に奥平は、討伐組の頭領を命じられたことで、より力を増すでしょう」

川中は耳目を気にして、声音を下げて続ける。

「これに初音伊織が加われば、厄介なことになります。帯刀に使われる前に、斬って捨てるのがよろしいかと」

「松平家の様子はどうであった」

「あれから半月が過ぎるというのに、我らの襲撃を警戒し、警固の数を減らしませぬ」

「帯刀め、伊織を放さぬ気か」

放免された伊織を斬るつもりでいる澤山は、引き続き見張るよう川中に命じ、銭を置いて立ち上がった。

隠れ家に戻るべく左内坂(さないざか)をのぼっていると、荷物を背負った老婆が、急な坂道に難儀をしていた。

追い付いた澤山は、背負子(しょいこ)をつかんで浮かせ、押してやった。

後ろが見えない老婆は、

「あれ、あれまあ」

などと驚きながらも坂をのぼり、商家の前で止まった。

「ここで、よろしゅうございます」

澤山は手を離して坂上に足を向けると、老婆がにっこりと声をかけてきた。

「お侍様、助かりました」

澤山は、ありがとうございます、という声を聞きつつも、何事もなかったかのように前を向いて坂をのぼった。尾張徳川家の上屋敷を左に見つつ平坦な道を歩いていた澤山は、人がいないところで足を止め、振り向いた。

左内坂で老婆と別れる時、目の端に捉えていた男に、鋭い目を向ける。

若く、面長の男は紋付き袴を着け、月代もきっちり整えた宮仕えの侍だ。

尾張藩の者かと思ったが、そうではないようだ。真っ直ぐ歩いてくる男の殺気を帯びた目が、じっと澤山を見据えている。

「何者だ」

澤山が問うと、男は一間半にも満たぬ（約三メートル）間合いで立ち止まり、真顔で名乗った。

「戸川富次と申す。そこもとは、澤山善次郎殿とお見受けいたす」

澤山は、苦笑いをした。

「さっそくお出ましか。そうだと答えたら、なんとする」

戸川は自信に満ちた笑みを浮かべ、すぐ真顔になって澤山を睨んだ。

「御公儀の命により、お命頂戴する」

鯉口を切り、右足を引いて抜刀し、切っ先を澤山の喉に向けて正眼に構えた。

偶然出くわしたわけではないようだ。

「どこから見張っていた」

戸川は答えず、猛然と迫ってくる。

澤山は抜刀術で一閃し、袈裟斬りにせんとしていた相手の出端をくじく。

危うく腹を斬られそうになった戸川は、間合いを空けて大刀を左手でにぎり、右手で小太刀を抜いた。

ハの字の構えを見て、澤山は瓦版を思い出す。

「二刀流か」

厄介な、と吐き捨てたが、恐れは一切ない。

左足を引き、両手ににぎる刀を背中に隠すように構え、間合いを詰めるなり一足飛びに斬り込んだ。

どこから刀が出るか分からぬ構えのため、常人ならば遅れたであろう。

だが戸川は、切っ先が地面をかすめて斬り上げられた一撃を小太刀で受け止め、左の大刀を振るって、がら空きになっている澤山の肩めがけて斬り下ろした。

御前試合で五席に残った得手だ。戸川は勝ちを確信した。

だが、手ごたえはなく、必殺の剣は空を切った。

「むっ」

澤山の一撃を受け止めていた小太刀は軽くなり、右に見える澤山が視界から消えた刹那、小太刀で対応しようとした戸川の右腕が斬り飛ばされた。

一瞬の出来事だ。

激痛に呻く間もなく、戸川の首に大刀の刃が当てられた。

澤山の無情の目が、戸川がこの世で最後に見た物だ。

首に当てていた刀を引いた澤山は、倒れる戸川を見もせず走り去った。

十四

「何！　戸川が斬られただと！」

訪ねてきた勝正から知らせを受けた帯刀は、信じられぬ思いで目を泳がせた。

「戸川は、御前試合で五席に残った遣い手だぞ。奴の二刀流は、旗本随一のはずだ。

それが負けたというのか」

「右腕を落とされ、首の傷が命取りだったそうです」

「いつだ」

「一昨日です」

ります」

「討伐組は澤山善次郎を追っていたそうですから、御公儀は奴の仕業と断定しております」

「やったのは誰だ」

帯刀は唇を噛んだ。右腕を落として二刀流を破り、首にとどめを刺すとは。

「澤山善次郎……恐ろしいまでの遣い手じゃ」

勝正が膝を進めて近づき、狡猾そうな目をして問う。

「初音伊織は、まだ牢屋に入れているのですか」

帯刀は眉間に皺を寄せた。

「おるが、それがどうした」

「初音伊織は、澤山との関わりを否定していると聞きました。まことでしょうか」

「今その話はどうでもよかろう」

「わたしに良い考えがあります。初音伊織が言い張るなら、澤山を斬って身の潔白を示せと、命じられてはいかがでしょうか」

帯刀は不機嫌になり、勝正を睨んだ。

「おぬしには旗本の誇りというものはないのか。一介の道場主の倅を頼る前に、己が斬ると言うてみよ」

勝正は不服そうに言い返す。

「我ら上に立つ者は、人を顎で使えばよいではありませぬか」

たわけ！　と怒鳴りたいところを、帯刀はぐっと堪えた。

勝正のそういう考えは、泰平の世をのうのうと生きてきた大身旗本榊原家の教えによるものであり、まして命懸けとなると、なおさら先陣を切らぬ。

帯刀は、あと十歳、いや、五歳若ければ、と思い、近頃衰えを感じる己の足を拳で打ち、ため息をついた。

勝正が言う。

「伊織を使うのは良い考えだと思うのですが、いかがですか」

不機嫌な顔を見ても平然と続ける勝正に、帯刀は言う。

「伊織が戸川のようになれば良いと、思うておるのであろう」

勝正は微笑んだ。

「逆にお教えください。おじ御は何ゆえ、伊織を長く牢屋に置いておられるのです。手なずけて、手駒にするためではないのですか」

「もうよい。帰れ」

「おじ御……」

「帰れと言うておる。わしは忙しいのじゃ」

勝正はくじけず、伊織を使えと言い、辞そうとした。

そこへ藤四郎が来て、廊下で告げた。

「殿、初音十太夫がまいりました。目通りを願うておりまする」

「客間に通せ」

これには勝正が驚いた。

「会うのですか。しかも客間などで。罪人の親ですぞ」

「罪人かどうかは、わしが決める。帰れ」

帯刀はそう言うと、客間に出た。

待つこと程なく、十太夫が右足を引きずりながら廊下を歩いてきて、客間の上座に座している帯刀に対し、立ったまま頭を下げた。

その姿を見て、帯刀は驚いた。一別以来痩せこけて、ずいぶん老けて見えたからだ。

かつては艶やかな黒髪だったが、今は総白髪になり、目は窪んでいる。

足を引きずりながら座敷に入った十太夫は、痛む右足を投げ出して座し、畳に両拳をつくと、深々と頭を下げた。

廊下に控えていた藤四郎が、小姓から大刀を受け取り、帯刀の前に置いた。

帯刀は、覚えのある鞘の拵え(こしら)に、眉毛をぴくりと動かした。

「初代越前康継(しょだいえちぜんやすつぐ)か」

御前試合で勝利した時、十太夫が将軍から下賜された名刀だ。

帯刀は十太夫を見た。

「なんのつもりだ」

十太夫は両拳をついたまま言う。

「ご覧のとおり、この有様。もはやそれがしには無用の宝ゆえ、進呈申し上げる」

帯刀は疑いの目を細めた。

「そのかわり、伊織を返せと申すか」

「いかにも。愚息は、攘夷論者でも、まして、倒幕の志士などでもありませぬ」

「おぬしは、わしを恨んでおろう。御公儀に父親をそのような身体にされて、伊織とて腹に一物あったはず。意趣返しのために、澤山善次郎の誘いに乗った。だが、道場は門人が増えつつあり、澤山と共に悪事を働くのを躊躇うようになった伊織は、わしを襲撃する段になって怖気づき、裏切ったのであろう」

「妄言も、そこまでくると滑稽である」

「無礼者！」

十太夫に怒鳴る藤四郎を止めた帯刀は、薄い笑みを浮かべた。

「ならば、別の筋書きはどうじゃ。我が娘と知らず琴乃に懸想した伊織は、わしが邪魔になり、この世から消して娘を我が物にするために、澤山に与した」

十太夫は、真顔をうつむけた。

「先に懸想したのは、そちらの姫御でありましょう」

「何！」

「それについては、申しわけないと思うております。親の目から見ても、伊織は好い男でございますゆえ」

「貴様！　言わせておけばぬけぬけと」

腹を立てる帯刀に、十太夫は言う。

「どちらが先かなど、この際どうでもよろしい。困っておるのはこちらも同じ。そちら様の姫御もすばらしいお人のようで、愚息が身分もわきまえず懸想するのも、仕方のないことと存じます」

「そのとおりじゃ」

つい乗せられた帯刀は、激しく頭を振る。

「どうであれ、伊織がわしの命を取りにまいったのは動かぬ事実じゃ」

「許されぬからという理由で親御の命を狙うほど、大馬鹿者ではございませぬ。それに、伊織は拐かされた姫御をお助けしたはず。まさかとは思いますが、姫御の気を引くために、愚息が策を弄したとお考えか」

「そこまでは思うておらぬ」

「では何故、愚息が澤山なる者の仲間と決めつけられる」

帯刀は、十太夫を見据えた。

「申したであろう。伊織は、わしの娘とは知らずに、琴乃に懸想したのじゃ。拐かされたと知り助けてみれば、仲間である澤山がさせていたことと分かった。それならば筋が通る」

「そこまでして伊織を潰したいのは、やはり、それがしへの怨恨のせいですか」

帯刀は目を閉じた。

「どこまでも、愚弄するか」

目の前の宝刀をつかんだ帯刀は、右足を前に出して立膝になると同時に抜刀し、十太夫の頭めがけて打ち下ろした。

顔色ひとつ変えず見上げる十太夫は、姿が老いていても目力は衰えておらず、剣客としての鋭い光を帯びている。

「伊織は、潔白なり」

落ち着いた声で言う十太夫の額から、一筋の血が流れた。それでも十太夫は微動だにせず、帯刀の目を見続けている。

一瞬にして緊迫に包まれた中、藤四郎たち家来は、いつでも帯刀を守れるように片膝を立てた。

「動くでない」

命じた帯刀が刀を引き、鞘に納めて十太夫に差し出した。

両手で受け取る十太夫に、帯刀は重々しく告げる。

「伊織を道場の倅にしておくのは惜しい。昔の償いではないが、おぬしがよければ、しかるべきところに推挙するがどうじゃ」

藤四郎が、やはりその腹積もりだったのかという顔をしている。

だが十太夫は、首を横に振った。

「せっかくですが、伊織は剣を捨て、寛斎殿に指導をいただいております」

「聞いておる。本気で医者になると申すか」

「どなたかのおかげで、御前試合に出られぬようになったのを機に、亡き母の望みに従い、寛斎殿の弟子になる道を選んだのです」

じっと目を見据えられて、帯刀は横を向いた。

「そういうことであれば、伊織を連れて帰れと言いたいところじゃが、澤山善次郎が放ってはおかぬぞ。刀を帯びず、寛斎殿のところへ通わせる気か」

「そうならぬよう、一日も早う不埒者を捕らえられませ」

「言われなくても、捜しておる。連れて帰るのは許す。ただし、二度と我が娘に会わせるな。互いの家のためにもなるまい」

十太夫の返答を聞く前に背を向けた帯刀は、足早に客間から出ていった。

鐺を立てて刀にもたれかかった十太夫は、目を閉じて、長い息を吐いた。

懐紙が差し出されたので顔を上げると、若い家来が、真顔でうなずいた。

「かたじけない」

十太夫は顔の血を拭い、懐に入れた。傷は、薄皮が切られたのみだ。

「帯刀殿は、剣の腕が増されたようだ」

「あなた様も、肝が据わっておられる。傍から見ていて、はらはらしました」

若い家来はそう言うと頭を下げ、伊織を連れて来るまで、しばらくここで待つよう告げて出ていった。

入れ替わりに来たのは、膳を持った家来だった。

並べられている酒肴を見た十太夫は、訝しげに顔を歪めて問う。

「時がかかりますのか」

「殿が、ご子息を身綺麗にするよう命じられましたので」

十太夫は鼻で笑った。

「長く閉じ込められて、垢まみれでござるか」

十太夫の問いに、家来は薄い笑みを浮かべて盃を差し出し、答えようとしない。

酌を受けた十太夫は一息に飲んで苦い顔をすると、額の傷に手を当てた。

家来が頭を下げた。

「わたしは、臼井小弥太と申します。伊織殿がお嬢様をお助けくださったおかげで、腹を切らずにすみました。殿も本音は、伊織殿に感謝しておられると思います」

臼井の神妙な態度を見て、十太夫は問う。

「伊織を今日まで牢獄に入れたのは、わけあってのことと申されるか」

「これはわたしの想像にすぎませぬが、殿は、伊織殿を井伊大老のお裁きから守ろうとされていたのではないかと存じます」

井伊大老が倒幕派を厳しく罰している昨今だ。十太夫は、不安になった。

「伊織は、目を付けられているのですか」

「ここは番町でございますから、殿を襲う澤山と共にいたところを、他家の者が見ておりましたゆえ」

「先ほど帯刀殿が、伊織をしかるべき筋に紹介すると申されたのは、澤山側ではないということを、御公儀に示そうとされたからですか」

「おそらくそうでしょう。実は、伊織殿が寛斎先生の弟子になられたのは、伊織殿を守るための偽りごとだと、疑っておられたのです。先ほど御尊父殿から直に聞いて、御大老から疑われてもかわせると思われ、牢から出すことにされたのでしょう。あなた様が迎えに来られるのを、待っておられましたから」

十太夫は驚いた。

「帯刀殿が、まさか……」

にわかには信じられないと言うと、臼井は困ったような顔をした。

「殿は此度のことで、伊織殿に一目置かれているのは確かです」

酒をすすめられて一口飲んだ十太夫は、今度は旨そうに微笑んだ。

## 十五

牢屋から出るよう言われた伊織は、重い身体を起こし、戸を潜った。

番人が言う。

「よかったな。疑いが晴れたぞ」

伊織は、よくしてくれた名も知らぬ番人の顔を見た。

「家に帰していただけるのですか」

「その前に、身を清めろとの殿のお達しだ。付いてまいれ」

番人に案内されたのは、裏庭の井戸端だ。大きな盥（たらい）の湯を使えと言われて、伊織は着物を脱ぎ、垢を落とした。

「これにお着替えください」

聞き覚えのある声に振り向くと、やはり美津だった。

伊織は立ち上がり、美津に問う。

「琴乃殿は、あれからどうなったのですか」

赤城明神前で、勝正に連れて行かれるのを見送って以来、ずっと気になっていた。

美津は寂しそうな顔をする。

「御親戚の御屋敷で、息災にされてございます」

「では、寛斎先生のところへは行かれていないのですか」

美津はうなずいた。

「先生が、お嬢様のために出向いてらっしゃるそうです」

あの不自由な足で……。

と言おうとして、伊織は言葉を呑んだ。

美津が言う。

「お嬢様は、いつお戻りになるか分かりませぬ。ですが、文は送ってくださいます。伊織殿、わたしはここでお別れですが、どうか、お達者で」

寛斎が繋がっているなら、いつでも話を聞ける。

そう思う伊織は、優しい美津に笑顔で応じて、戻る姿を見送った。

身体を清めた伊織は、美津が用意しておいてくれた黒漆塗りの衣装盆から、藍染の着物を手に取った。

下には黒の袴が畳んであるのだが、その上に、一通の文が置いてある。

琴乃からだと察した伊織は、控えている番人の目を気にして帯と共に取り、文を袂に隠した。

真新しい麻の着物と袴で身なりを整えた伊織は、番人に連れられて裏庭に入った。

そこで待っていた帯刀の家来が引き継ぎ、伊織はあとに続いた。

客間で臼井といる十太夫を見て、伊織は廊下で平伏した。

「父上、ご心配をおかけしました」

十太夫は臼井に言葉をかけて頭を下げ、刀を手に廊下に出てきた。

「帰るぞ」

そう言っただけの十太夫は、先に歩みをすすめる。

家でたっぷりしぼられる覚悟をした伊織は、背中を丸めてあとに続く。

そんな親子を離れた場所から見ていた帯刀は、そばにいる藤四郎に告げる。

「伊織の剣を利用できぬのは、惜しいことじゃ」

そう言って自室に戻る帯刀に、藤四郎が追いすがって言う。

「いっそのこと、お嬢様の婿にされてはいかがですか。さすれば、殿の思うままです」

立ち止まった帯刀が両肩を上げたのを見た藤四郎は、下がって平伏した。

「出すぎたことを申しました」

「藤四郎！」

「平にお許しください」

目をひん剝いて振り向いた帯刀が、藤四郎の肩をつかんで顔を上げさせた。

「許してほしければ、策を考えよ」

藤四郎は目を瞬いた。

「策、とは？」

「わしが伊織をほしいと思うても、十太夫が決して許さぬ。かと申して、奴に頭を下げては、松平家の名折れじゃ。さて、どうする」

藤四郎は、伊織と接した時とは別人のように、表情豊かに、困り果てた様子だ。

「今は、なんとも申せませぬが、考えてみまする」

「よい」

「え？」

「戯言じゃ」

帯刀は笑って、自室に戻った。

残された藤四郎は、帰っていく伊織と十太夫を遠目に見送りながら、帯刀の初音家に対する気持ちに変化が生じつつあるのを感じて、目を細めた。

牛込御門を出て、橋を渡ったところで、十太夫が立ち止まった。後ろを気にしているようだった。

伊織が振り向いて見ると、旗本の者と思しき紋付き袴姿の侍が一人、門から出てくるところだった。その後ろから、二人の中間（ちゅうげん）が続き、橋を渡ってくる。

伊織が父を気にすると、十太夫はそこにはおらず、堀端の道を市谷のほうへ歩いていた。

走って追い付いた伊織が問う。

「父上、いかがなされたのですか」

十太夫は何も言わなかった。松平家で帰るぞ、と言ったきり、一言もしゃべらないのだ。

やがて右に曲がり、浄瑠璃坂（じょうるりざか）をのぼりはじめた。武家屋敷が並ぶこの坂は普段から静かで、あまり人が歩いていない。牛込御門から真っ直ぐ神楽坂をのぼらなかったのは、人が大勢行き交い、顔見知りと出会うことも多いので、足を引きずる姿を見られたくないからだろう。

そんな父を、番町まで迎えに来させてしまったかと思うと、伊織は胸が痛んだ。

坂をのぼるのが辛そうな後ろ姿を見て、伊織は歩み寄って腰を支えた。

すると十太夫は、大刀を鞘ごと帯から抜き、無言で差し出す。

これまで触らせてももらえなかった下賜の大刀を、伊織は戸惑いながら受け取った。

「よろしいのですか」

「油断するな」

傷を付けるなと理解した伊織は、用心して帯に差し、十太夫を押して坂をのぼった。

坂の上には辻番がある。

そこを右に曲がろうとした時、十太夫が立ち止まった。

「休みますか」

声をかけた伊織を、十太夫は押して離した。

「油断するなと言うたはずじゃ。見よ」

指差された辻番に顔を向けた伊織は、目を見開いた。中で番人が倒れていたからだ。

その辻番の横手から、澤山善次郎が出てきた。

十太夫が不機嫌に言う。

「番町から気配があったが、そのほう、先回りをしおったか」

澤山は薄い笑みを浮かべた。

「親父殿には悪いが、伊織を生かしてはおけぬのだ」

「名乗れ」

十太夫の問いに、澤山は笑みを消して名乗り、伊織を見据えた。

緊迫した中で、十太夫がさらに問う。

「倒幕をたくらむ者か」

「それはわたしの役目ではない。異人からこの国を守ろうとする先生方の邪魔になる者を葬るだけだ」

「刺客か。何ゆえ倅を狙う。自害した仲間のためか」

「わたしはご子息の剣の腕に惚れた。是非とも、この国のために使ってほしいと願ったが、言うことを聞いてくれぬのでな」

「倅は剣を捨てて医者を目指すのだ。邪魔にはならぬゆえ去れ」

「親父殿はそう願えども、時代が、伊織の剣を欲するであろう。我らの脅威は、芽のうちに摘み取る」

「どうしても去らぬか」

もはや、澤山は答えぬ。

伊織は十太夫の前に出た。

「わたしは、牢屋の中で学んだ。去らねば容赦せぬ」

「斬るか。どうやら、帯刀に仕込まれたようだな」

「そうではない。悪辣なお前たちを止めるためだ」

「おもしろい」

殺気に満ちた顔で羽織を脱ぎ捨てた澤山は、刀の鯉口を切って抜刀術の構えをした。

「伊織、気を付けろ」

十太夫に言われるまでもなく、伊織は澤山の凄まじい気迫に鳥肌が立っていた。

刀を抜いて正眼に構えた伊織は、十太夫を守るべく足を運んだ。

澤山も隙を見せず、じりじりと間合いを詰めてくる。そして、己が得意とする間合いに入るやいなや抜刀し、一閃した。

速い——。

伊織は、正眼に構えていた刀を弾かれた。

その隙を逃さぬ澤山が、一閃した勢いのまま刀身を振るい、片手斬りで袈裟懸けに斬り下ろした。

伊織は辛うじてかわしたが、新しい着物の右袖がぱっくりと割れた。

それを確かめる間もなく、澤山は逆袈裟に斬り上げてくる。

凄まじい連続技を、伊織は冷静に見切ってかわした。

一旦間合いを空けた澤山が、薄い笑みを浮かべる。

「さすがは、わたしが見込んだだけのことはある。だが、遊びはこれまでだ」

真顔になった澤山は、刀を正眼に構えて間合いを詰め、伊織の切っ先と交差させた。

峰を押さえられた伊織は離れようとしたが、澤山は刀身を寝かせて伊織の峰の上で滑らせて迫り、腹を斬らんとした。それは一瞬のことだ。

伊織は無意識のうちに相手の右側へ足を運び、迫る刃をかわした。

鍔（つば）に衝撃があり、火花が散る。粘り付くような澤山の刀身は離れず、かわしたはずの伊織の腹に向かって切っ先が伸びて来た。

澤山が片手で刀をにぎり、身体を弓のようにそらして攻撃をしてきたのだ。

浅く腕を斬られた伊織は、そのような剣術の動きを見たことがなかっただけに動揺した。

ちらりと父を見ると、十太夫は腕組みをして、高みの見物を決め込んでいる。

「ええい！」

気合をかけた澤山の一撃が、伊織の肩めがけて打ち下ろされた。

すると、十太夫を見ていたはずの伊織が、澤山のほうを向きもせず身体を右に運んで切っ先をかわした。

それは偶然か、それとも……。

空振りをした澤山は、運の良い奴だと舌打ちし、伊織めがけて片手斬りに刀を一閃した。

だが、これも空を切る。その刹那、澤山は右肩を斬られた。

「うおっ」

激痛に呻いた澤山は、伊織を見て絶句した。目つきが、まるで別人だったからだ。

「伊織！　そこまでじゃ！」

十太夫の声が耳に届いた伊織は、振り上げていた刀の柄を転じて、打ち下ろした。

左肩の骨を砕かれた澤山は、地面にたたき伏せられて気絶した。

右腕を強くつかまれた伊織は、十太夫に目を向けた。

「どうして止めるのですか」

「生かしておけばまた帯刀の娘が狙われると思うてのことであろうが、人を斬れば、あと戻りができなくなる。刀を離せ」

固くにぎっている右手の指を柄からはがすようにされた伊織は、ようやく力を抜いた。

鞘に納めた十太夫が、人を呼べと告げた時、浄瑠璃坂から声がした。

「伊織殿」

振り向けば、勝正が家来を連れてのぼって来た。

「この者をどうする気だ」

問う勝正に、十太夫が答えた。

「不埒者ゆえ、御上に引き渡す」

勝正は十太夫に対し、居丈高に言う。

「わたしは、この者に家来を殺された。こちらに渡してもらいたい」

答えぬ伊織を下がらせた十太夫が、勝正に微笑んだ。

「では、あとは頼みましたぞ」

うなずいた勝正は、家来に命じて澤山に縄を掛け、辻番に運び込んだ。

十太夫は伊織に、帰るぞ、と言って背中を押した。

家路につく伊織に、十太夫は告げる。

「今の戦いは見事であったが、お前は剣を捨てよ。菫の願いに従え」

厳しい顔で返事を待つ十太夫に、伊織は無言でうなずいた。

「このことは誰にも言うな。よいな」

「はい」

「疲れた。肩を貸せ」

「背負います」

伊織は十太夫を背負って、家路を急いだ。

久しぶりに道場へ帰った伊織を、佐江は泣いて迎えた。

一京は笑顔で喜び、十太夫が黙然と部屋に戻るのを目で追いつつ、小声で教えてくれた。

「松平家の使者が若を捕らえたと伝えに来た時には、捨て置け、などとおっしゃいましたが、飯も喉を通らぬほど、心配しておられました」

「どうりで、痩せておられます。身体の具合が悪いのかと心配していました」

佐江が涙を拭きながら言う。

「お元気ですからご心配なく。痩せ衰えていたほうが、帯刀殿が気分を良くするだろうだなんておっしゃって、せっかく作っても、食べてくださらなかったんですから」

一京は今知ったと言って、驚いた。

「先生らしい。わたしまで騙された」

「でもそのおかげで、こうして伊織様が帰ってこられたのですから、ほんとうに安心しました」

佐江は嬉しそうに、伊織の身体を触ろうとしたのだが、着物の袖が切れ、怪我をしているのに気づいた。

「まあ可哀そうに、今の今まで、痛めつけられていたのですか」

口止めをされている伊織は、かすり傷だと誤魔化した。

佐江が言う。

「こころなしか、お顔が引き締まったように見えます。ちゃんと、食べさせてもらっていたのですか」

「牢屋には入れられていたが、食事だけは、三食まともに出ていた」

「伊織様の好物を作りますね」

佐江はそう言うと、張り切って台所に入った。

一京が傷の手当てをしながら、真顔で言う。

「わたしには教えてください。この刀傷は、たった今のことでしょう。何があったのです」

伊織は、一京にだけは正直に話した。

刺客を倒したと聞いて、一京は顔をほころばせた。

「日々強くなられている気がします」

「でも、今日で終わりだ。父上と、剣を捨てる約束をした。明日から、寛斎先生の許に学びに行く」

「そうですか」

残念そうに応じた一京が言う。

「大之進はともかく、小冬殿が寂しがるでしょうね。若が無事戻ったら、剣術を習うのだと待ち望んでいましたから」

「道場は、一京さんにまかせる」

伊織は、少し休むと言い、自分の部屋に入った。

蒸し暑いが障子を閉め、部屋の奥に座ると、袂から手紙を出して見る。

美津、息災でしょうか。

赤城明神から見える美しい景色を、片時も忘れませせぬ。

お前様が屋敷に閉じ込められているかと思うと、胸が苦しくて、辛うございます。何かあれば、すぐ知らせてください。

くれぐれも、食事を忘れぬように。

好物の稲荷寿司などを食べるとよいでしょう。
身体には十分気を付けて。決して、油断せぬように。

琴乃が乳母に送った文のように思えるが、牢屋に入れられた伊織を心配する内容が見て取れる。

帯刀に見つかった時のために、いつもそばにいた美津にしか分からぬ言葉を使っているのだ。

美津は、琴乃が心配しているのを伝えるために、この文を忍ばせていたに違いなかった。

思えば、食事はある日を境に格段に良くなり、番人の態度も変わった。稲荷寿司が出された日もある。

あれはすべて、琴乃が美津にそうさせていたのだ。

伊織は、琴乃の気持ちが込められた文を見つめ、胸が躍った。いつかまた会えると、信じているからだ。

明日から寛斎の許に学びに行けば、琴乃のことが分かるはずだ。

そう思っていると、

「伊織様、美味しい出汁巻きができましたよ」

佐江の声に返事をした伊織は、文を書物のあいだにそっと隠して、台所へ向かった。

翌朝、伊織は寛斎宅を訪ね、声をかけて上がった。

一人で書物を読んでいた寛斎は、あいさつをする伊織に振り向き、目を細めた。

「まあ入れ」

従って部屋に入り、そばで正座した伊織に、寛斎は言う。

「昨日の夜、珍しく帯刀殿が訪ねてきおった。澤山善次郎と申す厄介な相手を倒したそうじゃな」

「はい。その後どうなったのか、気になっております」

「お前が引き渡した榊原家の倅が、評定所へ突き出したそうじゃ。琴乃を拐かしたうえに、倒幕派の探索をする帯刀殿を亡き者にせんとしたのだ。井伊大老が厳しい沙汰をくだすのは間違いなかろう」

「そうですか」

伊織は、これで琴乃が狙われずにすむと思い安堵した。

寛斎が穏やかな口調で言う。

「帯刀殿が褒めておったぞ。牢屋での神妙な姿は、武士そのものであったとな」

伊織は謙遜した。

寛斎は目を細めた。

「帯刀殿は、そなたの父と久しぶりに話ができて、喜んでおるようだった。これを機に歩み寄ることができれば、そなたと琴乃の未来も明るいのじゃがな」

笑って肩をたたかれた伊織は、そのようになれば、琴乃とまた会えると思い期待した。

## 十六

「智将殿、薬です」

服部瑠衣(はっとりるい)が、布団に横たわる智将に手を添えて起こし、薬を飲ませた。

腕に巻かれた晒(さらし)には血がにじみ、智将は意識が朦朧としている。

志士、と呼ばれる仲間たちの中には、他にも怪我をした者がおり、匿ってくれた寺の庫裏の奥部屋に隠れ、息をひそめているのだ。

江戸に押送される吉田松陰を奪還すべく、長州藩の領内でことを起こした志士たちの助太刀をした智将は、幕府恭順派の家老の謀(はかりごと)にまんまと騙され、囮の隊列を襲ったのだ。

鉄砲隊の銃撃により何名か命を落とし、智将も右腕に銃撃を受けて敗走した。

死んだ者以外、家老の手勢に捕らえられた者がいないのが救いだった。

山を越え、瀬戸内の小さな村に逃げ延びた智将たちは、師を奪還するよう命じた吉田松陰の弟子たちが手配していた寺に隠れているのだ。

家老の追っ手は、いつこの山寺に目を付けるか分からぬ。

住職は心配ないと言うが、吉田松陰が井伊大老に睨まれて以後、長州藩の重臣たちは幕府恭順に舵を切り、毛利(もうり)家を守ろうとしている。

これに真っ向から対立しているのが、吉田松陰の弟子たちだ。中でも、桜田(さくらだ)の長州藩邸に詰めている久坂玄瑞は、幕府を批判し、毛利家は帝の直臣だと論じた松陰の考えを受け継いだ者であり、井伊大老に尻尾を振る藩の重臣たちが、みすみす松陰を江戸に送ることに憤っていた。

その久坂がいる桜田の藩邸から急報が届いたのは、山寺に潜伏してひと月が過ぎようとしていた時だった。

久坂玄瑞が走らせた使者が、智将たちの前で悔しそうに告げた。

「澤山善次郎殿が捕らえられ、斬首された」

「何！」

長州藩の者たちが驚き、立ち上がった。

「誰に捕らえられた」

「評定所に突き出したのは榊原勝正という旗本だ」

「澤山殿ほどの遣い手を倒したのは誰だ！」

「くそ！」

口汚く怒りを吐き捨てた志士たちは、使者に問う。

「我らはこれからどうすればよいのだ」

「もうしばらく潜めとのご指示だ。久坂玄瑞殿をはじめとする同志の方々が、必ずおぬしたちをお助けくださる。それまで決して、捕まるな」

志士たちは納得し、これからのことを話し合いはじめた。

そのうちの一人が、智将と瑠衣に言う。

「おぬしたちも、共に戦ってくれるか」

智将は腕を吊っていた布を外し、瑠衣と共に戦う意思を示した。

「ここまで来たら後戻りできぬ。地獄の果てまで、お供しますぞ」

智将が言うと、志士たちは大いに喜び、明日への希望を語り合った。

十七

伊織の母方の祖父、郷野嘉七(ごうのかしち)から、江戸の十太夫に文が届いたのは、まさに、智将が長州の志士たちと決意を新たにしたのと同じ時だった。

自室で、一京と道場のこれからについて話し合っていた十太夫は、佐江から渡された嘉七の文を手に、久しぶりだと言って笑みをこぼしていた。

さっそく目を通した十太夫は、内容に衝撃を受け、表情を一変させた。

「先生、萩で何かあったのですか」

問う一京に答える前に、十太夫は佐江を下がらせた。

不承不承に応じた佐江の足音が遠ざかると、十太夫は重々しい口調で告げる。

「智将が、大それたことをしでかしおったようじゃ」

渡された文に目を通した一京は、愕然と口を開け、真っ青になった顔を上げた。

「智将様は、長州藩に追われているのですか」

「終わりまで読め」

言われてふたたび文を読み進める一京に、十太夫は表情険しく続ける。

「藩内の勢力が、若者を中心とした改革派と、重臣を中心とした保守派の二つに割れようとしておる。智将は改革派に与し、保守派の家老に追われておるが、恐れることはないようじゃ。郷野家の者たちが、智将を守ると言うておる」

文を読み終えた一京が、一点に目を留めた。

「吉田松陰の名は、以前ここへ通うていた長州藩の者たちから聞いたことがあります。智将様は、御公儀の命で押送される吉田松陰を、奪い返そうとしたのですか」

「まさに、大それたことよ。恐れを知らぬとはこのことじゃ」

　一京は、辛そうな顔をした。

「これは由々しきことです。井伊大老は、決して見逃しませぬぞ」

「そう慌てるな。幸い、智将の素性は家老側には知られておらぬ」

「万が一捕らえられ、吉田松陰のように評定所に押送されれば、松平帯刀殿と磯部に気づかれます。そうなれば、先生もただではすみませぬ」

「わしのことなどは、もうどうでもよい。それに、郷野嘉七殿は、なかなかの狸じゃ。あのお方にまかせておけば、捕らえられはすまい」

「そうでしょうか。心配でなりませぬ」

「それよりも一京、このことは、わしとお前だけの秘密じゃ。決して、伊織の耳に入れてはならぬ」

　一京は声を鋭く言う。

「このような大事なことを、お伝えせぬのですか」

「帯刀殿の娘御を助けに走った伊織のことじゃ。これを知れば、智将を案じて長州に行くと言いかねぬ」

「確かに、おっしゃるとおりです」

「わしは、澤山善次郎と戦う伊織を見て確信した。我が倅ながら、恐ろしい一面を持っておる」

一京は、不安そうな顔をした。

「あの若のどこが、恐ろしいとおっしゃるのです」

「これまで言うておらなかったが、伊織は、己が守りたい者に害をなそうとする澤山を、斬ろうとしたのだ」

「なんと」

あの若が、と、一京は瞠目した。

十太夫が厳しい口調で言う。

「兄のために御前試合を目指すと言いだした時には、突拍子もないことを考えると思うていたが、伊織の中に流れる血は熱い。今日はまことに、伊織が出かけたあとにこの文が届いてよかった。重ねて言う。決して、伊織に知られてはならぬ」

「心得ました」

一京を下がらせた十太夫は、文を破り、庭に出て燃やす念の入れようだった。そして、燃える文を黙然と見つつ考え込んだその顔は、苦悶に満ちていた。

今日も一日薬学を学ぶべく向かっていた伊織は、寛斎の家の戸を開けて、微笑んだ。

赤い鼻緒の草履が揃えて置いてあったからだ。

琴乃は帯刀に許され、祖父母の隠居屋敷に戻っている。

昨日寛斎からそう聞いていた伊織は、琴乃が来ているのだと思い、胸が躍った。

寛斎はそのことを知りながら、驚かせるために黙っていたに違いないのだ。

廊下を進み、部屋に行くと、美津が気づいて頭を下げた。

部屋に寛斎の姿はなく、涼しげな色の着物を着た琴乃が、優しい笑みを浮かべた。

伊織が部屋に入ると、美津は廊下に出て障子を閉めた。

「父が、礼を申しておりました」

そう告げた琴乃の目が潤んでいる。

伊織が向き合って座ると、琴乃はそっとその手に触れ、微笑みながら頬を濡らした。

「やっと、会えました」

伊織は手をにぎり返して、引き寄せた。

兄智将が長州に行ってしまったことで、この先に過酷な運命が待ち受けていると は知る由もなく、伊織と琴乃は抱き合い、一時(ひととき)の幸せをかみしめた。

この作品は書き下ろしです。

# 姫と剣士 二

佐々木裕一

令和6年3月10日　初版発行

発行人――石原正康
編集人――高部真人
発行所――株式会社幻冬舎
〒151-0051東京都渋谷区千駄ヶ谷4-9-7
電話　03(5411)6222(営業)
　　　03(5411)6211(編集)
公式HP　https://www.gentosha.co.jp/
印刷・製本―錦明印刷株式会社
装丁者――高橋雅之



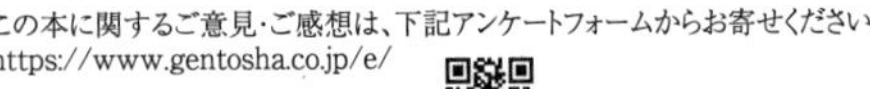


ISBN978-4-344-43369-4　C0193　さ-34-8

この本に関するご意見・ご感想は、下記アンケートフォームからお寄せください。
https://www.gentosha.co.jp/e/